同年同月同日生

王小列 著

辽宁人民出版社

ⓒ 王小列 2023

图书在版编目（CIP）数据

同年同月同日生 / 王小列著． － 沈阳：辽宁人民出版社，2023.5
ISBN 978-7-205-10713-0

Ⅰ．①同… Ⅱ．①王… Ⅲ．①长篇小说－中国－当代 Ⅳ．① I247.5

中国国家版本馆CIP数据核字（2023）第013160号

出版发行：辽宁人民出版社
地址：沈阳市和平区十一纬路25号　邮编：110003
电话：024-23284321（邮　购）024-23284324（发行部）
传真：024-23284191（发行部）024-23284304（办公室）
http://www.lnpph.com.cn

印　　刷：	北京长宁印刷有限公司天津分公司
幅面尺寸：	145mm×210mm
印　　张：	7.5
插　　页：	3
字　　数：	145千字
出版时间：	2023年5月第1版
印刷时间：	2023年5月第1次印刷
责任编辑：	娄　瓴
助理编辑：	辉俱含
装帧设计：	末末美书
责任校对：	耿　珺
书　　号：	ISBN 978-7-205-10713-0
定　　价：	48.00元

"我们终此一生都在努力摆脱原生家庭带给我们的负面影响,从而找到更好的自己。"这就是一诺和谭晓的人生写照。

一诺在这样的家庭中经历人情冷暖、跌宕起伏，所以她格外珍惜人性中的善。一诺和谭晓说："我从不贪心或奢望拥有真正的爱情。爱只能始于爱，是灵魂上的吸引而不是满足需要，始于欣赏而非欲望，可遇而不可求，顺其自然，有无皆可。"

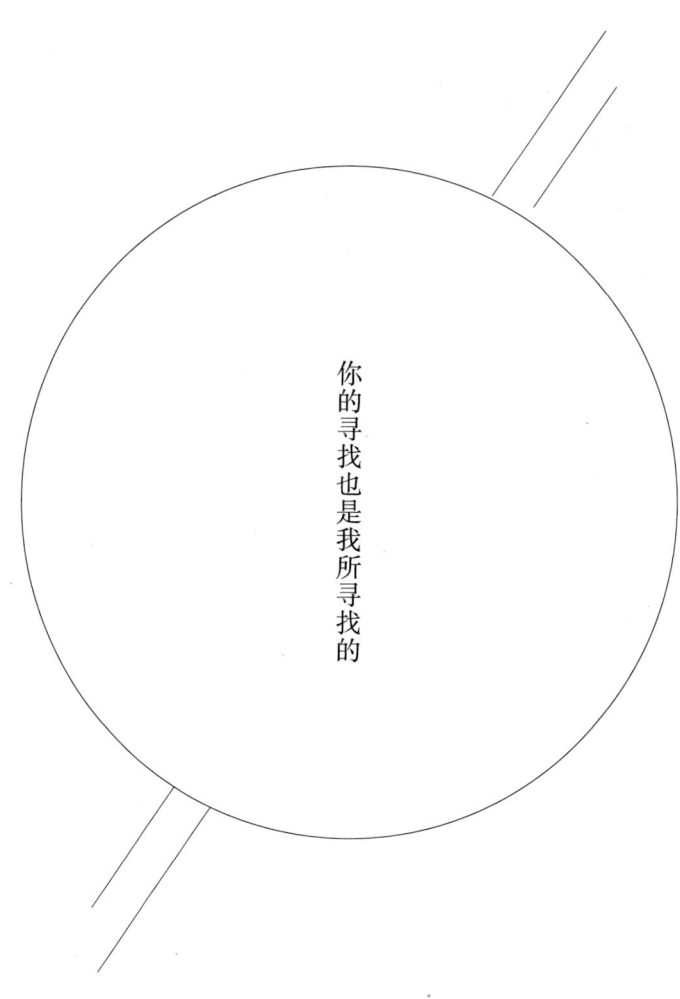

你的寻找也是我所寻找的

目录

CONTENTS

第一章　失控
—
001

第二章　活在自己的世界里
—
011

第三章　地下室的美国梦
—
027

第四章　与 Tom 先生的边界
—
045

第五章　十年的证明与等待
—
069

第六章　胡老师的恐惧
—
080

第七章　伤感的婚礼
—
088

第八章　艳遇
—
098

第九章　错误的流产
—
112

第十章　家家有本难念的经
—
122

第十一章　人生的信念

131

第十二章　离婚不到 24 小时

143

第十三章　昙花一现的爱情

153

第十四章　家庭的复杂性

163

第十五章　离婚后遗症

175

第十六章　一诺的成功模式

184

第十七章　张医生的魅力

195

第十八章　人生的选择

204

第十九章　"爱"是伤害的有效手段

213

第二十章　做最好的自己

221

尾声

231

第一章　失控

镜中,一束淡黄色的光线勾勒出一张迷人的面庞。

她今天为自己选了一款平时很少穿的灰绿色裙装,裙装对于平胸的自己来说是再好不过的选择了。

一诺偏爱灰绿色,也有人把它叫"伦敦绿"。

此时,她在镜子中看着自己:白皙的脸庞在裙装的映衬下,显得格外清秀。

唇膏用的是香奈儿99号海盗红,香水还是一贯的小众品牌纳西素(Narciso Rodriguez)。一诺长了一张兼顾着东西方审美的面孔:一双杏核眼,双眼皮的分寸恰到好处,鼻子不算大,且很笔直,给人挺拔的感觉,淡淡的雀斑也恰到好处地点缀在鼻梁两侧,嘴角的收尾不是很尖锐,给人柔和的亲近感。总之,整个脸庞非常精致。

口红比平时艳了一些,但是整体看上去还是很有调子的。

电话又一次响起,大熊不厌其烦地嘱咐:记住,必须是盛装出席!

望着镜子里的自己,一诺感慨青春如此美好。但是,从她心里突然冒出一个声音,那是她在问自己:"你的一生,怎么就过成了这种样子?"

难道我很失败吗?一诺马上止住这个念头,因为对于她而言,今天的投标非常重要。

无论对自己还是公司,成败都在此一举。

一诺很清楚,今天的投标按业内的行话来说叫"明标"。换句话说所谓的投标仅仅是走个过场,因为所有的工作在之前都让一诺的合作伙伴——大熊给铺垫好了。大熊是业内举足轻重的人物,深得业界的敬重。他在一诺是否能拿到这笔订单上起到了决定性的作用。

之所以跟一诺再三交代要盛装出席,是因为她平时从不穿正装,喜欢中性打扮,看上去总是一副拒人于千里之外的样子,大熊太了解一诺了。

在一诺还是大学生的时候,大熊就看上她了。那时候,一诺在大熊公司实习,而大熊十分看好她在设计方面的才华。从那时起,大熊就打定主意,自己公司设计总监的位置非一诺莫属。

如果不出意外,今天一诺的公司就能拿到自创业以来最大

第一章 / 失控

的一笔业务订单：三个样板间的设计与装修，两个办公楼的装修以及材料供应。这对一个新公司来说，就叫打鸡血吧。

一诺平时在穿着上随便惯了，所以今天她在换衣间里耗时太久，尤其是当自己的丈夫胡老师要求亲自开车送一诺时，这倒使她多少有些不自在。她下意识地嗅了一下，自己的香水味是否太浓，当胡老师闻到时会不会不爽？

从换衣间出来时，一诺甚至有意识地控制自己的情绪不要太兴奋。

一诺至今还很清楚地记得，当她第一次听到关于丈夫在童年时遭遇的种种不幸，她心中便油然而生出的一种英雄主义情怀。从那一刻起，一诺如飞蛾扑火般投入到他们的恋爱当中，每一次拯救，对一诺而言如同燃烧自己一样。

丈夫的大名叫胡明，因为当初两个人在一起的时候，胡明总喜欢好为人师，而一诺也乐于接受，所以，一诺更习惯叫他胡老师，时间久了，一诺几乎忘了胡老师的真名。

在胡老师2岁的时候，母亲改嫁给了一个叫吴老二的农民。后来，吴老二看见小胡没有去干农活儿，就会打他。甚至当吴老二看到他在写家庭作业，都会火冒三丈，觉得自己有一种被儿子用知识羞辱的感觉。他会冷不丁扇小胡两巴掌，当然，打孩子不是目的，吴老二要的是精神上的征服，他虽然没有文化，但是他想要孩子在心里能把自己当作父亲看。

可是，这小小的愿望吴老二总是实现不了，因为小胡每次挨打后都会倔强地站在原地，既不吭声也不逃避，瞪着两只充满仇恨的眼睛，目不转睛地看着吴老二，结果就是被打得更久，更惨。

正是因为胡老师的童年有这样的悲惨遭遇，一下子就激起了一诺内心的母爱情怀，那种同情、母爱、英雄情结一并泛滥成滔天巨浪，裹挟着一诺，让她不计后果地扑向这个需要保护和心疼的胡老师。一诺很享受自己沉浸在这种拯救他人的成就感之中。

胡老师一边开车，一边看着一旁的一诺，心情还是很爽的，因为他很久没有见到一诺这么开心了，而且今天妻子看上去确实漂亮，就像换了一个人，如果不是坐在一辆车上，胡老师甚至都不敢相信眼前的美女竟然是自己的妻子。

从这辆日本丰田SUV的行驶速度来看，一诺也感觉到了胡老师轻松的心情，他们眼神交汇在一起的时候，一诺看到了一种欣赏和得意，一诺随之报以微笑，不用言语，那是一种赞赏的微笑。

胡老师开得更加快了。坐在副驾驶上的一诺看了一眼时速表，125公里/小时。

平时，在一诺身体不舒服的时候，胡老师也不会开车送一诺上班，而今天他竟然破例要亲自开车来送一诺，这着实让一诺受宠若惊。

这会儿，胡老师不自觉地用眼睛的余光瞟了几眼坐在副驾

第一章 / 失控

驶位置上的一诺。看得出来，他以前很少见过她像今天这样，打扮得如此隆重。他嗅到了一诺身上散发出的香水味，做了个奇怪的表情，一诺看了他一眼，心中生出一丝担忧，因为那个表情似乎在告诉一诺："你以为我会信这是去投标吗？分明是去撩人的嘛！"

低着头的一诺心情开始有几分紧张，但是很快，这种紧张就被即将到来的喜悦所埋没，因为只要自己一会儿能按时到达投标大厅，就能将这单不小的业务收入囊中了。想到这儿，一诺又开始考虑该如何感谢大熊，她必须要报答他，因为对一诺来说他有知遇之恩。

汽车还在飞驰中，她又抬头看了胡老师一眼，看得出他的心思并不在开车上，两人无话。

她忽然想起，到今天为止，公司里的小伙伴们已经连续奋战8天了，他们所有的劳动成果都被记录在了这本厚厚的标书里。等今天的case搞定后，一定好好犒劳一下团队的小伙伴们。

一诺和胡老师虽然结婚不到两年，但是，一诺觉得当时恋爱的热情已经逐渐消失了，结婚并不是一诺原来想象的那样：一场浪漫的人生旅行。相反，更像是原本平静的生活，因为这场婚姻而变得混乱。总之，恋爱消失，生活无序。

不过，一诺在这种混乱的生活中敏锐地觉察到：钱可以让尖锐的矛盾变得不那么尖锐，甚至可以把尖锐的矛盾砸平。

投标的时间定在14时。

一诺坐在车上忽然有一种不安,她问:"现在几点了?"

他一边开车一边看了一下手表的指针,说:"1点10分。"

"还有50分钟。"一诺松了口气,她暗自安慰自己,路上不堵,最多15分钟就到了。

她没有再说话,打开标书,抓紧时间再重温一下里面的细节。

不一会儿,一诺合上了厚厚的标书,开始闭目养神,休息一下眼睛。

半睡半醒中,轮胎和地面摩擦发出的"沙沙"声让一诺有些不安。她下意识地睁开眼睛,问:"咱们走的没问题吧?"

"没问题,就快到了。"

一诺看了一下手表,皱了皱眉头,满脸的疑惑:此刻手表的指针指定13:40。一诺有些迟疑地问自己:"按时间算应该到了呀,怎么还在路上呢?"

一诺没敢直接问胡老师,呵护他已经成为自己生活中的习惯。

对一个脆弱的他而言,直接怀疑无疑是一种致命的打击。

当一诺看到他眼神里也充满了不确定性,一诺预感到了不妙,她小心地提醒:"要不咱们把导航打开?"

他不满地瞥了一诺一眼,继续开车。

一诺有些沉不住气了,她觉得肯定是错过了出口。于是,她把导航打开,输入目的地,按下"开始"。

不到一秒钟,导航里就传出林志玲的声音:"请在前方2公里的出口离开主路进入匝道,然后在下一个红绿灯路口掉头。"

一诺惊出了一身冷汗。她的心快要蹦出来了,不好的预感应验了:他们错过了路口!

一诺焦急地看了一下时间:13:45,只剩15分钟了。

这时候胡老师也开始猛踩油门,100、110、125、130、160迈……汽车越来越快。

本已心乱如麻的一诺忽然觉得自己要冷静下来,她小心地说了一句:"慢一点,已经超速了,注意安全……"

话音刚落,伴随着尖锐的刹车声,他把车紧急靠向路边刹住。一诺毫无准备,要不是有安全带,她很可能会撞到前面的挡风玻璃上。

胡老师的怒火爆发了:"你到底是去竞标还是去见人?"

这种情绪的突变对一诺而言是不意外的。此刻,一诺看着他,自己的情绪反而更加平静下来。

一诺从小到大一直有个特点,就是凡遇到重大的事情都会变得非常冷静。

这种本事在一诺很小的时候就被训练出来了。

小时候,一诺生活在一个父权思想很严重的家庭。父亲虽然很爱一诺,但是全家人都不尊重妈妈,妈妈经常被全家人虐得体无完肤,直到一诺长大以后才知道了其中的原因。

就是在这样的家庭环境中,一诺从小就本能地想要保护妈妈,她甚至在上小学的时候就非常清楚,自己不能做错事,生活中也小心翼翼，因为她知道自己的错会连累到妈妈。她从小就学会了看大人的脸色，学会了隐忍地生活。

很多人会认为"遇到大事能保持冷静"是一个人内心强大的表现，但是，今天的一诺却清醒地意识到：自己的这种冷静并不是因为内心强大，相反，这是害怕的另一种表现。

突然，一声大喊："你给我下去！"

胡老师的这一吼，把一诺从回忆中拉回到现实。

一诺没有动，她绝对不想在这个时候把事情推到不可挽回的地步，至少她还希望能按时赶到投标现场。今天如果中标，一诺的公司就具备了与业内一线公司合作的资历，这个资历对公司今后的发展无疑是一块敲门砖，甚至是通行证，没有什么事情比这件事更加重要了。

他的音调又升高了一个八度："我再说一遍，下去！"

从出门时的心情到现在，连他自己都不会相信事情居然会发展到如此不可控。

一诺不相信他会在高速上要赶自己下车，她平静地辩解道："你能冷静一下吗？今天我如果迟到就算自动弃标。"

一诺的解释并没有让胡老师缓和下来。

一诺想要继续尝试说服他："我想你也知道这笔钱对我们的家很重要是吧？"

他听也不听，直接打开车门冲下车，来到副驾驶一侧的车门旁，猛地拉开车门，冲着她吼："你给我下来！"

第一章
/失控

一诺还是希望尽量挽回这样的局面。

见一诺始终没有动,他死死地盯着一诺的眼睛。一诺开始感到紧张,她不知道该不该看着他。那一刻,一诺甚至害怕他会冲动地扇自己一巴掌。

"啪!"一声脆响,他把攥在手里的手机用力摔在地下,手机与坚硬的柏油路猛烈撞击后四分五裂,还有几个零部件在地上飞溅起来。

一诺心头一紧。在她的眼里,手机被摔在地上粉碎的瞬间都像是慢动作一样,缓慢地、一点一点向四下散去。就像她此时的心一样散得四分五裂。

这时,一诺意识到,她必须要下车了。此刻,先作出妥协姿态,至少能为解决问题开个好头。

走下车,她把视线转向田野,她害怕看到他的眼神,害怕眼神的接触再一次激怒他。

时间仿佛凝固了一样,一诺能感受到他躁动的呼吸声,那呼吸声里不仅有愤怒,还有焦虑。

一诺一动不动地站在原地,幻想着他的情绪平息后还能把自己送到投标现场。几秒钟的煎熬过去了,一诺等来的是身后汽车马达的一阵急促轰鸣,那声音像极了一个男人扭曲的叹息声。

当一诺转过头去的时候,他居然驾着汽车驶离原地,很快就消失在高速路的转弯处。

站在路边的一诺不能相信眼前发生的一切。此时，她的手机响了。

"你到哪儿了？大家都等你呢！"

一诺一个人孤零零地站在高速路的路肩上。在这几乎与世隔绝的高速路上，听到电话的那一头传来大熊的声音，她不禁悲从心生。她开始清楚地意识到，自己人生的第一场失败就在眼前，而导致自己失败的原因并不是自己的能力不行，而是自己的婚姻不行。想到这儿，一诺从心里感到一阵绞痛，她几乎要摔倒在马路上。

绝望中的一诺开始尝试各种努力，她在手机上快速地约专车、快车，甚至都约了顺风车。但是，不管怎么努力挽救，一诺还是迟到了整整 50 分钟。

最终，一诺连客户的面儿都没有见到。

第二章 活在自己的世界里

一诺一直以为自己是一个隐忍的人。无论经历了什么,她都认为已经发生的都是最好的安排,直到结婚10年后她对自己才有了新的认识。

月光从窗户照进房间,给房间的每一个角落都蒙上了一层淡淡的蓝色,看上去显得格外冷清。

弃标的当天和大熊分手后,一诺怀着沮丧的心情回到家。一进家门,就听见从卧室传来电视机的噪音,她看见胡老师仍旧没有换外衣,躺在床上玩Pad,就像白天什么事儿也没有发生一样。

进门不把外面穿的衣服换掉和开着电视玩Pad,这是一诺最厌恶的两件事情。

一诺在门口换了衣服走进卧室，看到胡老师已经平静了许多。

她径直走到胡老师面前，伸手从他的枕边拿过遥控器关上了电视。

顷刻间，卧室里一下子安静了下来。他诧异地看着一诺，揣摩着对方的心思，他把手中的Pad放下，根本不会想到一诺因为他遭遇了什么。对，他甚至忘记了几个小时前，他在高速路上失控的那一幕。

一诺从他的眼神中看到了另一个胡老师，此时的他与高速路上的他判若两人。怀着复杂的心情，她把捡回来的手机卡放在了他的床头柜上，有一瞬间他们很近地头碰着头，她看着他的眼睛平静地说："你想换个什么牌子的手机？"

他愣愣地看着她，不知道怎么回答。对于今天胡老师的失控所造成的后果，一诺在他面前只字未提，也许是因为一诺知道于事无补吧。

恍惚之间，一诺想起了决定他们关系的那次见面，就像是一个魔咒。当他的模样再一次出现在自己的视线中时，似乎后面发生的一切就已经注定了。

那是在一个湘菜馆，一诺在地下车库停好车，乘电梯来到楼上。

她一边往前走，一边整理着自己的挎包，就在转弯的地方，一诺隔着玻璃看到了里面的一张面孔，她突然像是触电了一般

第二章
/ 活在自己的世界里

本能地被弹了回来。

一诺像避瘟疫一样快速转身往回走,可她被心里一个强大的声音叫住:"站住,为什么要往回走?"

一诺背对着玻璃橱窗停在原地疑惑了,她问自己:"我为什么要往回走?"

她在脑海中快速思考着是什么让她有如此的反应呢?冷静下来的一诺,命令自己转回身去,迎着那张面孔走过去,但是,当她抬头看向那扇玻璃的时候,那张面孔却消失了,难道是错觉?

一诺来到了餐厅门口,在服务员的引导下进到一个包厢。此刻,包厢里已经到了五六位客人,基本上都是一诺的同学。她一边点头打招呼,一边坐到座位上。

她的脑子还没有从刚才的过激反应中清醒回来。召集人把刚进来的一诺介绍给大家,一诺一边客气着点头,一边想着刚才的事。她隐约觉得刚才那张面孔似乎并不是完全陌生的,应该在什么地方见过,但是自己一时想不起来了。

今天是同学聚会,难道他是同学?如果是同学,可是怎么会有那样的陌生感呢?

这个时候,召集人老张的声音把一诺从她的思绪中拉回到现实,一诺忽然意识到大家都在等着自己说话呢。

她让自己马上清醒过来,这下子她终于看清楚了坐在自己对面的那个人的样子,原来是"他"!

当他们的眼神相互碰到一起的时候，他一边伸出手给一诺，一边热情地说着什么，一诺并没有听到他的声音，但是从口型上看他是在自报家门，他的眼神是一诺曾经熟悉的。

一诺此时也伸出了手："叫我一诺。"

一切都清楚了。这个让一诺"触电"的人对一诺而言并不陌生。在冥冥之中，他们仅有的两次见面就注定了他们相互之间的缘分，他最终成了一诺的丈夫。

也许正是因为这样的所谓"奇缘"，一诺的闺蜜谭晓在第一次见到他的时候，就告诉一诺：你们的爱情已经死了。那时候的一诺不以为然。

一诺不止一次想要证明，闺蜜谭晓对自己婚姻的质疑是偏激的，但是，一诺又无法回答谭晓那近乎哲学思辨的提问：你看中他的是什么？这个问题经常让一诺在夜里辗转反侧，夜不能寐。

在他们经历了将近10年的婚姻生活后，一诺才捋清楚当初自己的选择就是被他的善良所打动。

在同学聚会之前，他们就有过一面之交，那是他们的第一次见面，是在大熊公司的年末聚会上。当时大熊已经内定一诺毕业后到他的公司担任设计总监一职。

当时一诺年轻气盛，给人的感觉就是浑身长着刺，无时无刻不在向世界宣示着自己的力量，这正好刺痛了即将被替换掉的设计总监老钱。

第二章
/ 活在自己的世界里

一诺记得那个老钱很胖，相貌还算英俊，45岁左右，他深谙人事上的套路，预谋好了要灌一诺的酒。每次他过来敬酒的时候都是一副非常得体的样子，然而，一诺却能从他的眼神中看到恶意，一诺非常反感他搭在自己肩膀上的那只大手。

老钱以及他的手下轮番上阵，用各种招数给一诺灌酒。但是，一诺很镇定，因为她知道自己喝酒的红线在哪儿。面对众人的围攻，一诺以不变应万变，不管谁敬酒，她都抓住老钱陪着喝，大家灌一诺喝多少杯，老钱也陪多少杯。

最后，一诺不记得自己喝了多少杯，但有一点可以肯定，老钱是在厕所里过的夜，他整夜都没有回家。

就是在那个晚上，有一双眼睛一直在一诺的身后关注着她。凭着直觉，一诺早就感觉到了这个目光，她一直警惕着这个来自背后的目光。她清楚地记得那个晚上，身后的人没有上前敬过自己一杯酒。

当夜深人静酒会结束的时候，一诺在门口拦住了这个最后离开酒会的人问道："你为什么不和他们一起灌我酒？"

"我觉得在这种场合不应该聚众给一个女孩子敬酒。"

"那你是哪伙的？"

"我是大熊公司管后勤的。"

一诺感到十分温暖，因为她发现了一个心怀善意的人。为此，她感觉今天晚上的经历特别值。

一诺问他："要不要去大排档吃烤串？我请客。"

"好啊，正好我今天还没怎么吃东西呢。"

于是，两个人坐在大排档的桌子旁，互相都有一种莫名的兴奋感。一诺的名字他早有耳闻，但是他在介绍自己的时候很腼腆，最后一诺记住了他的名字：胡明。

"就叫你胡老师吧，这样显得亲切。"

"那不合适，我怎么能是老师呢！"

一诺笑了笑："不是你理解的那种老师。就是在一般社交场合，你觉得叫什么都不太自然的时候，用老师来代替，叫着就比较舒服。"

"啊，那我知道了，嘻嘻！"

就这样，他们俩在大排档一直吃到凌晨4点钟，两个人一共喝掉了4箱白啤。最后，这位"胡老师"也被一诺喝趴下了，因为胡老师无法说出自己的住处在哪儿，所以一诺只好扶着他回到自己的宿舍，为他清洗，灌热水。那一夜胡老师吐得不省人事。

一诺认为人的酒量不是练出来的，而是天生的。如果没有父亲的早期启蒙教育，一诺还不知道自己原来这么能喝酒。

在一诺初中毕业的时候，她就在父亲的引导下开始了解自己的酒量，用爸爸的话来说："一个女孩子在社会上闯荡，首先要知道自己的酒量有多少。"

很快菜就上齐了。这时候，一诺觉得坐在自己对面的这张

第二章
/ 活在自己的世界里

面孔越看越熟悉。原来他就是那个始终躲在暗处心怀善意的人。

直到10年以后,当一诺决定要结束自己不堪的婚姻的时候,她才隐约明白自己对社会的认知、对人的认知和自己的童年经历有着多么密切的关系。甚至,她的认知几乎全都是错的!而她丝毫不觉得,这简直太可怕了。

在一诺的世界里,善良这种品质几乎是可以替代一切的。

但可悲的是,10年以后一诺才发现,胡老师除了善良,简直一无是处。

自从同学那次聚会以后,一诺和胡老师就成了公开的男女朋友,他们出双入对,整天黏在一起。

一诺还记得,他们的第一次做爱是发生在一个阳光明媚的早晨。头一天夜里,胡老师还是照例被一诺灌醉了。

早晨的太阳暖洋洋的,照在这个不大的屋子里,十分温馨。看着被酒精折磨得不省人事的胡老师,他的脸在阳光下有些粉白,显出几分无力。

一诺面对着他心生怜悯,正如当年自己儿时拯救谭晓一样,如今她自己又在拯救胡老师,她认为这种对他人的拯救是自己的使命。

这是她第二次把烂醉如泥的胡老师带回家。当胡老师睁开眼睛的时候,一下子就把一诺抱住了,那是一个孩子对母亲的拥抱,一种依赖的拥抱,虽然这个动作来得突然,但是这让一诺有了一种莫名的满足感。

于是，她像拥抱孩子一样抱住了胡老师。当胡老师小心翼翼地脱下一诺衬衫的时候，一诺没有觉得别扭，他们很自然地互相赤裸裸地拥抱在一起。那一时刻，一诺充满了浪漫的期待，她记得当时他把双手嵌入到自己的头发里，一诺觉得舒服极了。接下来，一诺平躺在床上，她张开双臂等着他。

他爬上去完全覆盖住一诺，但是，一诺没有意识到，自己伸展双臂迎接他的姿势让他感到了压力。也许是因为这个主动的姿态让他感到自己在性方面很成熟，一诺的总结从这一刻开始，他竟然表现出那么明显的自卑感。

即便是在婚后，他们在性方面也从不直接交流，都是靠感觉来揣摩对方是不是舒服。他们从不直接谈论性，也不去询问对方的感受。

不管一诺做出多少努力，他们的第一次做爱还是草草收场。

这次失败可能奠定了他们相互之间的一种奇特关系：一种依赖关系。胡老师在心理上依赖一诺，而一诺觉得自己在拯救胡老师的时候能获得某种成就感。

"他的心里好像是空的，似乎一直是在空中飘着，当他抱住我，我能够感觉到他极度需要这种依赖，就像是一个无助的孩子，害怕这种依赖会随时消失。"

这是一诺对谭晓描述他们当时的情景。

"你们之间的关系已经结束了。"谭晓很冷静地分析着。

第二章
/ 活在自己的世界里

"你太武断了吧,我觉得我们这样倒是一种稳定的关系。"一诺不甘地辩解道。

在一诺看来,不管怎么样,只要人善良就足以维持住婚姻。

但是,谭晓是不会相信这句话的逻辑的。

现实总是令人难以置信,一诺的婚姻在不知不觉中,正在向着谭晓的预言发展着。

在一诺和胡老师的关系中,一诺总是自信的。一诺在胡老师面前的优越感源于对方比自己更加需要依靠对方,这也包含了在性方面的依赖。换言之,在一诺面前,胡老师连最起码的自信都没有。一诺逐渐发现了根植在他骨子里的自卑。随着一诺越来越深入地了解了他的原生家庭,才彻底明白他为什么会这样。面对一个极度不自信的人,一诺不自觉地从心底升起了一种当救世主的欲望。

其实,在他们第一次做爱结束的时候,一诺就隐约有了一种不祥的预感。

一次,一诺去外地谈项目,大概需要离开家一周左右的时间。到了晚上,她忙完工作,刚刚躺在床上,就收到了胡老师发来的微信,汇报自己在家一切都好。按理说,这是大部分夫妻之间都会做的每日一信,没什么特别的。

但是,一诺却感到了不安。一诺自认为在婚姻生活中自己是属于福尔摩斯型的,因为只要愿意,自己不用什么证据就能知道对方是不是在撒谎。从他告诉一诺,牛排和蔬菜汤都是他自己做的那一刻起，一诺就觉得哪里不对劲了。

一诺的直觉告诉自己：有问题！

正常情况下，胡老师不会平白无故自己做吃的。一诺拿着手机，看着那张他发来的很有装饰感的照片，一把勺子和一把叉子对称地摆在盘子的两侧。不知为什么，她竟然不由自主地伸出手指把那张照片放大了，果然在那把勺子的反光里，一诺看到了一个女性的身影。

一周后，一诺刚回到家，第一件事就是把自己手机里的那张照片递给胡老师看，然后问他：“你当时是一个人吗？”

"是啊，我不是都告诉你了嘛，我那天自己做了晚餐。"

一诺沉默了半天，揶揄道："行啊，都会自己做牛排了！"

"那是！"他竟然意识不到一诺的反常。

"当时真的就你一个人？"

"就是我一个人。"他的态度十分肯定。

"如果我说你桌子对面还站着一个人呢。"一诺快要疯了，她最受不了那种打死不承认的人。

这次轮到胡老师沉默了。

一诺慢慢把手机里的截图放大了递给他看。

看着照片上那个从勺子里反射出的女性身影，过了好一会儿，胡老师才对一诺说："你就当是我家亲戚吧。"

一诺急了："你让我怎么相信你？之前问你有没有人，你还说就你一个人，现在又说是你家亲戚，那你告诉我她是哪个

第二章
/ 活在自己的世界里

亲戚。"

胡老师支吾半天说不出话来,又沉默了片刻,他抬起头对一诺说:

"好吧,你要听真话吗?"

"不用了!"一诺觉得照片比真话还要真。

"我找了个女孩陪我,就一个晚上,第二天就走了,对不起。"胡老师这时候语气显得非常诚恳。

可怕的沉默。

忽然,随着一声巨响,一诺把他们结婚时的大花瓶给摔碎了。

一诺怎么也想不到这样一个自卑的人,居然能引来一个异性到自己的家里,难道这样一个自卑的人也会有人能看上吗?

这是他们第一次发生激烈冲突。一诺万万没有想到,出轨这种事竟然会发生在自己的婚姻中。想到这,一诺抬腿就要出门。

这时她发现自己的腿被胡老师死死地抱住。他后悔了,当着一诺的面伤心地哭了,他说他不会让这样的事情再发生。

忽然,一诺平时想听又听不到的话,在这个时候,居然清楚地听到了。胡老师流着眼泪,抱着一诺的腿告诉她:"我爱你!真的。"

不知道为什么,这句"我爱你"成功地化解了这一次危机,把一诺从离家出走的边缘又拽了回来。

但是,一诺没有想到的是,有了第一次就有第二次。随着出轨事件的不断发生,一诺竟然很快地从原本的愤怒变得平静起来。她记得后来对谭晓说过:"也不知道怎么了,他的每一次约会,每一次开房,都会被我撞个正着,这难道是天意吗?到底是老天在惩罚他,还是老天用他在锤炼我?"

在这种纠结中,一诺发现自己意外怀孕了。

令闺蜜谭晓不理解的是,一诺自从怀孕后,她的性情彻底被改变了。她居然变得不为出轨这种事儿大动肝火了。

对胡老师来说,如果你犯了错,只要你能发自内心地痛心自责,痛改前非,一般都会被原谅。在不犯错的情况下,一诺就会折磨自己到筋疲力尽去取悦对方。

当他们的孩子点点出生以后,一诺更加在意点点是否有幸福感,而不是自己是否幸福!

谭晓打死也不敢相信在一诺的婚姻生活中,被出轨竟然会成为一种常态。

俗话说"当局者迷,旁观者清"。一诺花了十年时间,才意识到自己一直就没有逃脱童年留下的阴影。

她甚至难过地发现,自己就像是人们常说的那种人:需要用自己的一生去疗愈童年的阴影。

一天夜里,一诺起来找水喝,她端着一杯水走回到床边,此时,她看着他熟睡的样子,偶尔还发出间断性的呼噜声。她忽然想:当初自己是多么年轻,那时的她还青春美好,身后有不少追求者,可惜的是,那段时光非常短暂,如昙花一现。

自从结婚以后,一诺把所有与异性朋友的关系都处理成了工作关系，在生活里，她没有异性朋友。如果有，那只会给她带来麻烦。

"哎呀妈呀，你这样做是给你家那位打个样儿吧？"谭晓觉得一诺的行为简直不可思议。

一诺说："在我的记忆中，如果一旦有异性对我产生兴趣又求而不得，我马上知道其结果就是会失去这个朋友。若这个异性是个品行良好的先生，他可能会释然并祝福我。但是，如果他是个品行一般的人，他很有可能会诋毁、阻碍我的发展。所以，凭着我有限的人生经验，我知道不管是情感上的抚慰还是现实中的支持，最终都只有把一条条路堵死，剩下的只有流言蜚语。"

"就因为你所说的这些，在与异性的交往中，你总是会格外小心翼翼，你不觉得这样的人生很累吗？"

有一天，一诺忽然把谭晓叫到自己身边，她很严肃地跟谭晓说："我找到答案了。"

谭晓一脸蒙圈："什么答案？"

"你不是问我看中他什么吗。"

谭晓恍然大悟："对呀，你告诉我你看中他的是什么。"

一诺说："他的一切都是我熟悉的。"

"你熟悉的是什么？"

"他的自卑。"

谭晓愕然。

是的，一诺当时还不曾意识到自己的生活有那么多童年的烙印，甚至她在很长时间里都没有意识到，自己母亲在家庭中所受到的委屈，已经在不知不觉中形成了自己潜意识中固定的认知，它一直伴随着自己的人生而自己却毫无知觉。

一诺现在还清晰地记得谭晓刚从美国回来的时候，自己为谭晓接风的场景，那是她第一次把胡老师介绍给谭晓。可是，当谭晓和胡老师认识之后，一诺并没有从她的眼神中看出赞许和羡慕，相反，只有不解、怜悯，甚至是同情。

从谭晓第一次见到了一诺的丈夫，她就断言一诺的婚姻已经死了，她甚至不惜得罪一诺而不厌其烦地争取让一诺放弃这段婚姻，去追求一个更好的自己，但是她万万没有想到为了这个结果，她等了整整10年。

在谭晓眼中，一诺一直活在她自己的世界中。

一诺不止一次地把胡老师的童年经历告诉谭晓。告诉她，胡老师的左耳是怎么被他的继父打失聪的，她把事情的经过尽可能仔细地告诉谭晓，希望她能与自己感同身受，但是谭晓根本不听这些，因为谭晓觉得一诺要想幸福，关键在于能否和胡老师分开。谭晓就是这样，从一开始就不看好胡老师。

当一诺和谭晓在一起的时候，谭晓经常会想起她们以前的那些童年回忆。和一诺相比，谭晓属于那种招人喜欢的漂亮，是个典型的美人坯子。

那时，她们谈论最多的是关于爱情的话题。

第二章
/ 活在自己的世界里

一诺经常问谭晓:"你有没有幻想?"

"哪方面的?"

"如果有一个男孩子喜欢上你,你希望他长什么样子?"

"没想过,但他一定要把我当宝贝一样捧在手里,并且能给我一个家,就像这个样子的。"说着,谭晓指着地上她们过家家画的房子。

一诺:"你要记得这是我送你的礼物。"说着指了指被放在"床上"的那个洋娃娃。

"当然记得,虽然她没有头发,但它是我们的孩子。"

这个被两个女孩子百般呵护的"孩子",实际上就是一个被丢弃的没有头发的塑料洋娃娃,而这个娃娃陪伴着一诺和谭晓度过了美好的童年时光。

自从谭晓从美国回来,两个人就经常在谭晓的房间,一边喝着酒,一边回忆往事。回忆她们在一个小火车站的告别,在喷薄而出的大团的蒸汽中,两个瘦弱的女孩子互相拥抱在一起,互相祝福对方平安。

谭晓家庭的不幸远远超出一诺的想象,谭晓最后趴在一诺的耳边千叮咛万嘱咐地告诉她:"你自己知道就行啦,我妈的男朋友用手摸了我的下面。"

谭晓说完话,看着一诺惊呆的眼睛,用决绝的语气告诉一诺:"这就是我要离开的原因。"

这最后的留言犹如谭晓留给一诺的一把利刃,在她们分别的漫长岁月里,这把利刃始终刺痛着一诺的神经。

那天,在震耳欲聋的汽笛声中,列车穿过蒸汽的迷雾消失在远方。

一诺和谭晓的童年时光也随着远去的汽笛声,定格在了那个冬季。

她们的童年,在那一天戛然而止。

第三章 地下室的美国梦

一诺和谭晓分别的时候还是青葱少女,她们谁都没有意识到,她们所经历的苦难仅仅是个开始,真正的残酷生活还在后头呢。

谭晓只身前往美国,一诺是没有想到的。在一诺看来,一个女孩子,人生地不熟的,在国内怎么也比在外边强啊。但是,在谭晓那张漂亮的脸蛋后面,似乎流淌着古代武士的血液,那种冷峻与决绝和她姣好的面容形成了强烈的对比。

如果说一诺遇事的隐忍是在她童年生活中形成的,那么谭晓的悲惨童年让她练就了不屈和叛逆的性格。

谭晓的爸妈在她2岁的时候就离婚了。对谭晓而言,她人生的第一次打击就是,父母双方在离婚的时候都不要孩子。这让周围的邻居议论纷纷，最后在法院的调解下，谭晓随父亲住，母亲每个月给58元的抚养费。

给谭晓带来严重伤害的并不是父母离婚，而是他们在离婚后竟然没有人愿意要自己的孩子。

难道不是亲生的吗？

这是一个难以破解的谜。在很长一段时间，谭晓和一诺都千方百计地想要知道其中的原因，但是，直到今天她们谁也没有找到合理的解释。

这对于当时两个年纪尚小的孩子而言，真的无法理解父母的行为。但是，随着年龄越来越大，这种伤害才开始显出它的残酷，并且你找不到治愈它的良药。

在世俗人的眼光里，如果父母双方都不要孩子，那么母亲会显得更加冷酷一些。所以，谭晓当时随着父亲住，看上去似乎要比跟母亲住好一些。但是，父亲很快就交了新的女朋友，这个后妈随后就成了谭晓的噩梦。

直到今天，谭晓都记得自己在小学毕业之前，没有吃过一次热饭。因为只要父亲不在家，她总是要等到后妈吃完以后，才能吃剩下的饭菜。而父亲几乎每天都不在家，慢慢地，谭晓习惯了吃剩饭的生活。

夏天，不管天气多热，其他孩子家里都会给带上水壶，孩子运动量大，需要及时补水。但是，谭晓从来就没有水壶，所以，谭晓除了上课，从来不和同学到操场上玩。因为运动会出汗，

第三章
/地下室的美国梦

需要喝水。为了避免口渴,谭晓在学校从来都不运动。尽管这样,在最热的三伏天,谭晓仍然会因缺水而虚脱晕倒。

谭晓很快就习惯了这些皮肉之苦,对孩子来说,恢复最快的莫过于皮肉之苦了。对谭晓造成永久性伤害的是后妈的"咒语"。

在谭晓和后妈生活的那些日子,她虽然很不喜欢后妈的"咒语",但是也并不觉得对自己有多大伤害,反正不挨打就挺好的。

但是,长大后,谭晓开始反观自己,这才慢慢发现,对自己造成永久伤害的就是后妈的"咒语"。

后妈有一个习惯,每当谭晓的父亲上班不在家,她就在嘴里嘟嘟囔囔一些骂谭晓的话,与一般的骂人不同,她会一整天不停地在嘴里嘟囔:"你怎么不去死,你这个贪吃的货儿,看你那个样子,还不去死。"

可怕的是这是一种低声的语气,与其说是说给谭晓听的,倒不如说是后妈的自言自语。这样的言语在她的嘴里永远不停,循环播放,最后竟然成了一种固定的声音。一开始,只要谭晓出门去上学,这种声音就听不见了。但是后来,即便走出家门,即便是在学校,这种声音还是会在谭晓的耳边回响。久而久之,它竟然成为一种固定的声音,就像微风总是在耳边吹过一样,永远存在。

谭晓在成年以后,分析自己的童年遭遇时认为,之所以自己对人、对任何事都显得过于冷漠,容易给朋友以"拒人于千里之外"的感觉,这一切都和自己的童年生活有关。

这种"咒语"让谭晓过早地熟悉了人性之恶,习惯了人性之恶。所以,谭晓给自己的评价是:一个很难被感动的人。

当然,也有优点,那就是对人性的敏感。见面一分钟,就能知道对方的人性大概如何。

所以,当谭晓和一诺在她们成年后第一次在北京相遇的时候,当谭晓第一次见到胡老师的时候,她一下子就看到了一诺婚姻的实质。她的直觉是胡老师配不上一诺,而一诺认为自己找到了归宿。

谭晓从小就知道生活的残酷。所以,尽管自己非常讨厌体育课,但是,在她小学毕业的时候,还是毅然决然地去了外地。当时一个邻居阿姨介绍说,谭晓可以去寄宿制的武汉体育学院附中读书,没想到谭晓的母亲竟然同意了。谭晓认为她之所以能同意,一定是因为可以寄宿吧。不管怎么样,谭晓知道自己必须学会武术。在残酷的生活里,只有自己才是可靠的。

这时候的谭晓虽然外表美貌,可是心坚硬无比。从离开家乡的那一刻开始,在她心里已经下定决心,与家庭彻底地决裂了。而最佳方式就是在物理距离上尽量拉大和这个家的距离。

"你觉得多长的距离才够远呢?"一诺在谭晓出国以前曾经和她讨论过这个问题。

第三章
地下室的美国梦

谭晓当时就告诉一诺:"如果在国内,再远的距离都不足以把我和这个家隔开,只有出国,让太平洋把我们隔开,这才是安全距离。"

谭晓告诉一诺,自从她走出家门,去读寄宿学校的那一刻开始,她的人生目标就已经明确了。那就是离开家,离开这个国家,找一个不懂中文的外国男朋友,重新开始自己的生活。而且,谭晓说到做到,这一点让一诺从心里佩服。

6年以后,当谭晓走出机舱的时候,罗纳德·里根华盛顿国际机场(Ronald Reagan Washington National Airport)一下子映入眼帘。经过不懈努力,谭晓终于实现理想,从中国来到了美国。

这一年,谭晓正好18岁。有意思的是,在那一年的高考,一诺由于身体原因没有考上,谭晓考上了却弃学赴美。

谭晓有一个特长,和她交往的人只要有过语言交流,即便是没有见过面,谭晓都能在自己的大脑中自动生成对方的模样,并且与现实中的本人高度相似。跟着人流向外走,谭晓远远地就看见一个熟悉的人影。她确信眼前这位体态略胖的黑人女士一定是自己的担保人Gilliam女士,谭晓向她挥了挥手,对方礼貌地回了一句:"Hey,man。"

大概是因为自己太兴奋了,在谭晓的印象中车程很短,一路上她目不暇接,感觉很快就到了Gilliam的家。这是位于华盛顿郊外的一栋别墅,非常气派,院子面积适中,植被错落有致,有专业园林师护理。

Gilliam女士停好车，带着谭晓来到室内。

"我先带你把行李放下。"她说话的中气很足，有一种感染力。于是，谭晓直接被带到了地下二层的一个房间，她放下行李，紧跟着回到一层客厅，谭晓对Gilliam女士说："我实在是太高兴了，我迫不及待要开始工作了。"Gilliam女士笑着对她说："不急，今天是周末，先住下，明天我给你安排工作。"

晚上，谭晓躺在一张小床上，心情仍然不能平静，她再一次确认自己是真实地踏上了美国的领土。此刻，谭晓一点儿也不觉得累，她在脑海中回忆起自己几年前刚刚收到来自美国五角大楼的邀请函，那时候的喜悦心情不亚于现在。对谭晓来说这份邀请函是意外之喜，尽管她早早就向国外多个中介机构发出了自己的工作申请和简历。但是，这份邀请函对谭晓的意义格外不同，因为邀请函中承诺只要签约满两年，她就能获得美国绿卡，这让谭晓坚信天上真有可能掉馅饼，而且正好砸在自己的头上。

谭晓躺在床上，回顾着从武汉到华盛顿这一路走来的幸运和惊喜。她感到自己完全不像一个第一次出国的人，初次到国外总会有思乡之情的，而自己身处异乡，不但没有思乡之情的困扰，相反，她还很兴奋，浑身的细胞都在为自由而雀跃，虽然来到一个陌生的环境，虽然自己身上只有100美金，但是，谭晓成功了！

第三章
/ 地下室的美国梦

大约晚上 10 点钟，Gilliam 女士还给她叫来了麦当劳的外卖："今天你旅途劳累，早点休息，明天我来和你谈工作细节。"说完，她就上楼去了。谭晓打开麦当劳的包装："天呐！这就是美国的麦当劳。"

谭晓躺在床上，一边吃一边看着天花板，她想到了出国前自己做过的最痛快的一件事。

当武体教务处的曹老师看到谭晓递交的弃学申请，简直不敢相信自己的眼睛："谭晓同学，你知道武体有多难考吗？你这个决定通知你的家长了吗？"

"我的决定与他们无关。"

"孩子，父母把你养大不容易，你现在还不懂做父母的辛苦。"

"老师，我可以走了吗？"谭晓根本不屑谈这个话题。

"请你先告诉我，你为什么考上了却要弃学呢？孩子，你不能头脑一热做出这样不理性的决定，你会后悔一辈子的。"

"谢谢老师，我可以对我自己负责。"

老师无奈地看着谭晓，一时不知道该说什么。

"那我告辞了。"谭晓还不忘向老师鞠了一躬便转身离去。

就这样，在老师们诧异的目光中，谭晓淡定地走出了教务处。

后来，谭晓是这样对一诺解释的："我当时是完全可以不去教务处的，对我来说一走了之更加简单。在我看来，不上大学本身没有什么大不了的。但是，考上大学而不上，这就是一种态度。我就是想向他们表达我对上大学的态度，我就是要告诉他们，你们认为有价值的东西对我来说毫无价值。"

一诺听到这里，眼睛里不由自主地流露出羡慕和佩服的神情。

谭晓接着说："虽然我的决定不用征求家长的同意，况且他们也没有表态的资格，但是，我的态度需要被人知道，我有发声的权利，我要向周围的所有人宣告，我谭晓的生活态度和理念是什么样的。"

谭晓是幸运的，从教务处刚回到宿舍，她就意外地收到了一封来自美国五角大楼的Email，谭晓那时的心情别提有多美了，太刺激了。Email是来自American Taekwondo Association（ATA，美国跆拳道协会）的工作邀请函，信件内容的大致意思是：我们看到了您投递的个人资料，我们机构正致力于开展与中国的文化交流活动，恰好我们需要您这样有中国武术基础的人才，希望能够邀请您加入我们的团队，如果能顺利签约，机构承诺在签约满两年后为您办理美国绿卡，期待您的回复。

这个设在五角大楼内部的机构不会是个间谍机构吧？因为谭晓知道五角大楼是美国军方的办公机构，这封邀请函怎么会与五角大楼扯上关系呢？一想到这些，谭晓心里开始担心起来，为了谨慎起见，谭晓通过互联网联系到了一个曾经在这家机构工作过的中国女孩，当时她与这家机构的合约刚刚到期。

第三章
/ 地下室的美国梦

这个女孩子向谭晓证实了,这家机构确实如信中所说没有半点虚假成分,谭晓这才把提着的心放下。

谭晓早在两年前就已经开始往国外中介机构投递自己的个人简历了,她的目标非常清晰,远离"那个女人",这是谭晓对自己母亲的称呼。

谭晓很早就研究了出国最常用的5种方式,经过分析研究,再根据自己的情况,谭晓知道最适合自己的就是以访问学者这种方式。

但是,谭晓万万没有想到,竟然有一家美国机构承诺在两年后可以给自己办绿卡,这要比谭晓的计划提前了至少5年。

一切都是那么顺理成章,谭晓迫不及待地出发了。她至今还记得,当时自己办完所有的手续踏上飞机舷梯的时候,兜里只剩下100美元。

谭晓在同学的眼中一直都很神秘。高考那年,当所有同学都在备战考试的时候,谭晓却把大部分精力花在了自己创办的外国人武术俱乐部上。

令人不解的是,谭晓对每一位报名的外国人都是免费辅导的。所以,武术俱乐部很快就成为外国留学生在武体的一个交际平台,甚至武体周围其他学校的留学生也会慕名而来。很快,谭晓的这个俱乐部就被留学生挂到了国外的网站上,有一些老外在来中国之前就已经知道了这个俱乐部,谭晓这个名字也被很多老外所熟知。但是国内的人大多对这个俱乐部只是雾里看花,很少有人知道谭晓办这个外国人武术俱乐部的真实初衷。

只有谭晓自己知道,这一切都是为了提高自己出国的概率。

"Morning!"是那熟悉的黑人女士的声音。

新的一天来到了,谭晓早就起来洗漱完毕。

她们一同来到一层客厅,看见阳光从门外放肆地射进来,外面的空气像是被水洗过的一样,谭晓心里有一种说不出来的兴奋。

谭晓正式打量这座精致的建筑,在大厅里挂着一幅油画,画的内容似乎与宗教有关,楼梯是大理石的,它旋转着盘上二楼。

这时,Gilliam女士领着一个大约3岁的孩子来到谭晓的面前,她热情地向谭晓介绍说:"这是我的儿子,叫Alex。"

"Hi,Alex!"谭晓礼貌地打着招呼。

Alex对谭晓说:"Hi!"

谭晓注意到,Alex的眼睛清澈而明亮,特别好看,他有着一头非常细密的鬈发,很像一个洋娃娃。他的皮肤不是很黑,且非常细腻,身材也很匀称。

Gilliam女士很仔细地给Alex介绍了谭晓的情况。现在,她转过身对谭晓说:"你看,这是一个多么聪明的孩子,你的任务就是用3年的时间教会他中国武术,用7年的时间教会他中文,有问题吗?"

谭晓当时以为自己听错了,她用难以置信的眼神看着这位

第三章
/ 地下室的美国梦

母亲说:"不是说好去跆拳道协会上班吗,这是怎么回事?"

"没错,这就是跆拳道协会的工作啊。"

"可是,我们一开始不是这么沟通的,我们不是说好我的工作是武术交流,工作地点是在五角大楼,怎么都变了?何况幼儿教育我也不会啊。"

"他不需要幼儿教育,他需要的是武术和中文,这些你都可以教给他,我的计划是培养他成为第二个奥巴马。"

看着Gilliam女士越说越激动,谭晓预感到大事不好。

经过观察发现,Gilliam女士在说话时更像是自己在演讲,而且她根本注意不到对方的反应,她有一种过分的执着,甚至有些偏执。她似乎认为谭晓不说话就是默认和接受,她以不可反驳的语气交代完每天的作息时间和教学计划,就把这个3岁的Alex留在谭晓身边,然后自顾自地忙去了。

这个场面是谭晓一点儿都没有想到的,谭晓站在客厅里,很久不知道该干什么,她看着对面天真可爱的Alex,Alex也好奇地打量着一动不动站在原地的漂亮阿姨。

很快,谭晓就清醒过来,原来Gilliam女士也是个套路高手,她很会利用那些来美国留学人员的心理,使用忽悠的手段,为自己的孩子找到了一个便宜的甚至是不花钱的保姆,不幸的是这个保姆就是谭晓自己。

天呐!这居然是真实的美国。

事已至此,日子还得一天一天地过。谭晓尝试过各种反抗的方式，都被 Gilliam 女士一一化解。她没收了谭晓的手机，断绝了谭晓和外界的所有联系。

谭晓意识到自己被设计了。因为 Gilliam 女士既是谭晓的邀请人，也是谭晓的担保人，谭晓在美国的一切手续都是由她经手，而且最令人崩溃的是自己的护照也被她押在手里。

但是很快，谭晓就从惊恐中冷静下来，谭晓告诉自己，和国内的遭遇相比，这点儿困难不算什么。很快，她就找回了自己的战斗模式：把 Gilliam 女士当成"那个女人"，这样一来，谭晓顿时觉得轻松了很多，想一想要与 Gilliam 女士作斗争，谭晓甚至还有一些庆幸和期待。

躺在床上，谭晓就像明天要参加运动会一样兴奋，她期待着天亮，期待着战斗。不知不觉地，她想起了小时候从父亲家转到母亲家的那段日子。

当谭晓听说后妈怀上了双胞胎，高兴了很长一段时间，就连后妈都误以为谭晓是真的从心里为他的双胞胎而高兴呢。实际上，是因为后妈有了自己的孩子，终于可以不要谭晓了。这样，在外婆的坚持下，谭晓被母亲接回了自己的家，那时候母亲还是单身。

谭晓忍受了漫长的将近 5 年的痛苦生活后，终于回到妈妈的家了。有了后妈的比较，不管当初母亲为什么不要谭晓，只要能跟妈妈住在一起，对谭晓来说都是一件十分幸福的事。尽

第三章
/地下室的美国梦

管妈妈的住房很小,只有65平方米,房间里只有一个客厅和一个卧室。但是,谭晓觉得只要离开后妈的家,在这里怎么都是幸福的。因为她再也不用听继母那恶毒的咒语,再也不用吃剩饭了。

可是,好景不长。在谭晓12岁那一年,妈妈交了一个男朋友。

他看上去挺斯文的。但是,从妈妈和谭晓商量的那一天起,谭晓就开始觉得害怕,甚至她都说不出来她怕什么。

"要不我们三个睡一张床吧?"这正是噩梦的开始。

谭晓清楚地记得,那是一个周末,她觉得自己已经是个大姑娘了,怎么能和陌生男人睡在一张床上呢?看着妈妈的那张脸,谭晓憋了半天都没有说出不愿意。但是谭晓心里很清楚,睡在一张床上是绝对不行的。

最大的阻碍就是这来之不易的被妈妈接纳,谭晓不能想象如果再一次被拒绝,她还能住到哪里去呢?不管怎么说,自己现在已经很幸运了。

纠结到最后,谭晓选择自己睡在客厅的沙发上。

白天,谭晓去上学,晚上就直接睡在客厅里的沙发上。

让谭晓越来越紧张的是,每一次她在沙发上睡着,醒来却是在大床上。

原来,等谭晓睡着了,妈妈就让她的男朋友把谭晓抱回到大床上和他们一起睡,那时候谭晓还不满13岁,这样的日子持续了一年。

在谭晓13岁的时候，妈妈的工作开始变得忙碌起来，经常早出晚归。这让谭晓非常紧张，因为通常只剩下自己和妈妈的男朋友睡在同一张床上。

长期的紧张让谭晓经常做梦，她甚至有一些怀念和爸爸住在一起的日子。

一天，谭晓又做梦了。在梦里，她感觉爸爸把自己搂在了怀里。她很久没有见到爸爸了，此时爸爸抚摸着自己的脸、鼻子、嘴唇，还温柔地亲吻自己的脸颊，这让谭晓感到非常温馨，从没有过的幸福感，她本能地心跳加速，幸福中还混杂着害怕。

忽然，她感觉到爸爸的嘴巴贴在了自己的嘴上，胡楂也扎在自己的脸上，谭晓喘不上气来。接着，爸爸的舌头竟然伸进了自己的嘴里。她不敢睁开眼睛，因为她怕只要睁开眼睛，这种幸福感就会消失。

很快，谭晓感觉到爸爸消失了，她等了一会儿，慢慢睁开眼睛，只见妈妈的男朋友正躺在自己的旁边，他喘息得非常急促。

谭晓意识到刚才梦里的那个人不是爸爸。她一直闭着眼睛假装没醒，直到那个男人从自己的身旁离开。

谭晓感到害怕，她本能地想要告诉妈妈，但是转念一想，如果真让妈妈知道，她会不会很难过？说不定自己会被大骂一顿，也许还会挨打。谭晓第一次有了一种说不清、道不明的负罪感，就好像自己伤害了妈妈一样。

谭晓开始对睡觉充满了恐惧。因为一旦自己睡着，可怕的

第三章
/ 地下室的美国梦

事情随时都会发生。所以自从这件事情以后,谭晓会借口做作业,强迫自己晚上不睡觉。实在太困了,她会和衣靠着沙发休息一会儿,谭晓知道,自己无论如何都不能再睡着了。

白天,谭晓在上课的时候睡觉,晚上回到家,谭晓才补习白天的功课。时间久了,她的生物钟彻底颠倒了。

本以为一切都可以避免的。然而,在谭晓13岁生日那天晚上,她控制不住地睡着了。

谭晓本来打算不睡觉,但是,到夜里12点钟的时候,她实在熬不过去了,她记不得自己是怎么睡着的。只知道当醒来的时候,自己还是被抱到了大床上,这是多么悲伤的一幕啊!虽然她自己知道不能睡着,可是她实在是太累了。

谭晓又做梦了,不同的是,这一次她做的是噩梦。

她先是感觉到有一只手正在往下拉她的裤子,还好腰带系得很紧。自从上一次那件事情以后,谭晓都会把自己的腰带系成死结。

谭晓感觉到那只手正在解她的腰带。

谭晓怕得要死,她多想妈妈这时候能推门进来,把自己叫醒啊。不一会儿,谭晓依稀感觉那人的手伸进了自己的秋裤,然后又在自己的小腹上抚摸了一阵儿,接着顺着肚脐向上摸到了自己的胸,她感到那只手很粗糙、很凉。这时候,那只手又滑到了小腹上,忽然一下子就伸进了自己的内裤。

"啊!"谭晓本能地惊叫着,一下子从床上跳了起来:"你干什么？"

只见那个男人半躺在床上，仰望着谭晓很镇定地说："喊什么呀，快躺进被窝里，小心着凉啊。"

谭晓倔强地站在原地一动也不动，她盯着那人的眼睛一点儿也不觉得冷，相反她的身上火辣辣的。

谭晓和他，就这样一个站着、一个躺着这么僵持着。正在这时，妈妈推门进来了，听见开门声，妈妈的男朋友不紧不慢地起身到外屋抽烟去了。妈妈进到卧室，看着直挺挺站在床中央的谭晓问道："你不冷吗？站在那里干什么？"

如果妈妈这时候没有进来，还不知道会发生什么更糟糕的事情。此刻，看到妈妈，谭晓的眼泪一下子就流了下来。但她仍然站在那里，一动不动。

妈妈似乎已经知道了刚才的经过，此刻，谭晓就等着妈妈替自己说话撑腰呢！

谭晓的妈妈不冷不热地问她："怎么啦？"

谭晓压抑的情绪一下子爆发了，她歇斯底里地嘶喊道："你的男朋友欺负我！"随着喊声，谭晓的泪水和口水同时喷溅出来。

妈妈盯着谭晓看了片刻，忽然脸上露出怒色："你冲我喊什么！"

接着，她后面的一句话让谭晓彻底绝望了。

"你个小贱货，不喊会死吗？他不就是把你当成我了嘛！他能把你怎么样？他就是把你当成我了，知道吗？"

第三章
/ 地下室的美国梦

谭晓此时有些恍惚,她不敢相信眼前的妈妈能说出这样的话。而且,她说完话好像没事人一样,竟然转身出门去了。临出门的时候还回头补上一句:"你要不睡觉就自己在那儿站着!"

谭晓一个人站在床中央不知如何下台,她怎么也想不通妈妈怎么会是这个态度。

天亮了,回到美国的现实,谭晓意识到自己是被软禁在这栋别墅里了,留给她的只有在这个院子里的有限的自由。

一夜之间,自己就变成了 Gilliam 女士儿子的家教兼保姆,说得难听一点儿,谭晓成了 Gilliam 女士的阶下囚。

她纳闷:美国不是号称自己是一个高度文明的社会吗?怎么可能发生这种事呢?

谭晓觉得先不做无谓的抗争,麻痹敌人再伺机寻找机会。从这一天开始,谭晓的感觉器官逐渐敏感起来,她在等待和捕捉任何可以制造机会的细节,只要 Gilliam 女士稍有疏漏,都会被谭晓瞬间抓住,并且成为脱身的最好时机。

一天,Gilliam 女士命令谭晓:"从现在开始,不管 Alex 听得懂听不懂,你都必须用中文和他交流。"

"可是他听不懂啊。"

"这不是你要关心的。"

面对这样偏执的要求,谭晓不再反驳,她点头答应。也许是谭晓的态度太过于敷衍,Gilliam 女士大概能猜出她想逃跑的意图，于是，她警告谭晓："如果你逃跑，肯定会被抓到移民局，我会告诉他们是你提前违约，等着你的就是遣返。"

一听到遣返，谭晓还是有些害怕的。不管如何，她也不愿意回国。

就像面对当年"那个女人"一样，谭晓发现Gilliam女士对儿子的操纵欲望很强，这一点像极了国内的"那个女人"。她们相同的一点，都是有着强烈的控制欲和神经质，谭晓鼓励自己，必须要战胜她。

谭晓对自己未来的几种可能性逐一加以分析，结果并不乐观。

第一种可能性是找机会从Gilliam家逃出去。可以后怎么办？去哪儿？难道还有什么文化机构需要谭晓这样的武术人才吗？

还有，如果Gilliam告我擅自毁约，被移民局遣返回国后又去哪儿，是回武汉还是东北？当年那么豪情万丈地离开，而今怎么有脸回去！所以，一想到这些问题，谭晓刚刚被激发起来的战斗之火在瞬间就被一盆冷水泼灭了。

在这样的纠结中，在Gilliam女士家的别墅里，谭晓不知不觉就过了半年。

转眼冬天已经过去，春天在不知不觉中悄然到来。

尽管看不到希望，但是谭晓始终没有放弃，她对自己最终能逃出Gilliam女士的别墅始终抱有幻想。而就在这一年春天即将来临之际，机会终于来了。

第四章　与 Tom 先生的边界

对谭晓来说，机会指的是能够让自己离开 Gilliam 女士家的所有可能性。

一天，Gilliam 女士告诉谭晓："Alex 的爸爸要来看他，并且要带他出去过个周末。"

谭晓原本已经平静的心情即刻又被点燃了。

Gilliam 女士说："这是我们离婚后第一次达成协议，以后每一个月的第一个周末，Alex 的爸爸有权和 Alex 相处一天。但是我要求你必须全程陪同。"接着就把一个翻盖手机交到谭晓的手里。

谭晓拿着手机，下意识地竟然回了句话："好，我知道了。"

谭晓的直觉告诉自己，一定要镇静，不要喜形于色。尽管她已经隐约地意识到，在这里的日子可能就要结束了。

Gilliam 女士在谭晓接过手机的时候并没有松开自己的手，她对谭晓说："记住，我必须随时能够联系到你，以便确定你们所处的位置。"她等着谭晓给自己一个明确的态度。

"没问题。"谭晓爽快地答应着。看到谭晓有了明确的态度，Gilliam 女士才把手松开。显然，陪护孩子只是个说辞罢了，她不过是要通过谭晓来监视前夫全天的行动。

晚上回到房间，谭晓觉得自己的心跳在加速，她在心里想象着 Alex 的爸爸是个什么样的人。这个晚上，谭晓失眠了。她在焦虑和期待中，辗转反侧迎来了第二天。

一大早，谭晓就起来了。她对着卫生间洗漱盆上方的镜子，仔细端详自己，看了很久，似乎感觉有些陌生。她把所有的衣服都搭配了一遍，最终选择了一套白色的长袖上衣，搭配一条洗得有点儿发白的牛仔裤。

谭晓突然想起一诺和她说的话，在这种朴素的搭配上配以香奈儿的香水，很容易让对方产生一种亲切感。这瓶香水还是一诺送给谭晓的，她从国内带来，用得很省，现在至少还有半瓶。

吃早饭的时候，阳光很强烈，谭晓觉得阳光照得自己睁不开眼，透不过气，她实在是太紧张了。

一边吃饭，一边在心里琢磨，Alex 的爸爸能和 Gilliam 女士离婚，至少说明他对 Gilliam 女士是有一个基本态度的，至少他是不喜欢 Gilliam 女士的。谭晓在心里默默祈祷，但愿 Alex

第四章
/ 与 Tom 先生的边界

的爸爸是个善良的人，希望他能救自己于水火之中。

Alex 的爸爸叫 Tom，谭晓第一次见到 Tom 先生还是被震撼到了。

Tom 先生是一个大个子，他的个头在一米九五以上，体重应该在 200 斤左右，黑色皮肤，显得特别健壮。让谭晓欣慰的是，Tom 先生看上去和蔼可亲，一下子就让谭晓有了一种安全感。

Tom 先生是一位将军，他确实在五角大楼上班，怪不得当时谭晓收到的邀请函是来自五角大楼的，现在，一切都能解释清楚了。

谭晓还注意到，将军的脸上透出一些儒雅的气质。和大部分黑人不同，他并不是通常印象中那种黑人，给人一种粗野的感觉。他谈话温文尔雅，很有礼貌，让人有一种信赖感。谭晓凭直觉就产生一种向他倾诉不幸遭遇的欲望。

在游乐场，谭晓一直跟在 Tom 先生的后面，寻找着说话的机会。当 Alex 跑去坐过山车的时候，谭晓和 Tom 先生都在草坪上等着。谭晓凭直觉，这个短暂的等待是个说话的机会："Tom 先生，你可能不知道，从我接到贵公司邀请来美国到现在，我一直被限制在 Gilliam 女士的别墅中。"

"你是说被限制自由吗？"

"是的，不知道你是否知道这件事？是否愿意帮我？"

"你收到的是什么公司发给你的邀请函？"

"American Taekwondo Center（美国跆拳道中心）的工

作邀请函。"

"哦，那是 Gilliam 女士自己的公司，与我无关。"

谭晓没有想到这个公司竟然与 Tom 先生无关，那为什么还注册在五角大楼呢？她认为也许对方是为了逃避责任吧。谭晓继续说："我的简历被你们的公司录用，还答应签约两年后直接给绿卡。你不知道吗？"

看着 Tom 一脸疑惑的样子，谭晓觉得这一切也许就是 Gilliam 女士搞的一个骗局。

"你有什么可以证明的吗？"Tom 先生问谭晓。

谭晓被这么一问，心头涌起巨大的失败感。她觉得自己今天最大的失误就是没有带上所有的资料，既然是找 Tom 先生交流，需要 Tom 先生的帮忙，为什么不把相关的材料提前准备好呢？

无奈之下，谭晓沮丧地对 Tom 先生说："对不起，所有的资料我都放在家里了。"

Tom 笑了笑："没关系，下次你带给我看一下。"说着还用手比画了一下自己的太阳穴："我提醒你她是个疯子，这就是我为什么和她果断离婚的原因。"

谭晓很失望自己和 Tom 先生第一次见面没有任何收获。但是，谭晓觉得 Tom 先生对自己是很有好感的，这让谭晓对下一次的见面充满了期待。同时，她对自己今天的失误感到懊恼，怎么会忘记把相关的材料带上呢？毕竟这次机会是她等待了很

第四章
/ 与 Tom 先生的边界

久才盼来的。

和 Tom 先生的第一次见面虽然没有达到预期的效果，但是有一点值得庆幸，谭晓感觉到 Tom 先生是同情自己的。之所以没有什么进展，是因为他还不了解情况，暂时没有想到具体帮助自己的办法。不管怎么样，他在感情立场上是站在自己这一边的，这一点谭晓非常自信。而且谭晓认为自己和 Tom 先生是有共同语言的，因为他也承认 Gilliam 女士有问题。

傍晚，Tom 先生把谭晓和 Alex 送回到 Gilliam 女士的别墅。在告别 Tom 先生的时候，谭晓感到嗓子眼被石头堵住了一样难以呼吸，但是她告诉自己要有耐心，她需要等待下一个月的第一个周末。

下个月的今天，她还会同这位五角大楼的将军讨论自己的问题。到那个时候，她会把自己所有的资料都带齐，她一定不会错过这个机会。

在接下来的日子里，发生了一个小意外，谭晓突然找不到 Gilliam 女士交给自己的翻盖手机了，她找遍全屋上下都没有找到。谭晓对自己很失望，居然想不起来是在什么地方丢掉的。

正当她考虑怎么跟 Gilliam 女士解释的时候，Gilliam 女士恰好来找谭晓，谭晓一眼就看见那个翻盖手机在 Gilliam 女士手里。Gilliam 女士看着谭晓一脸狐疑的神情对她说："我需要检查一下你都和什么人联系。"

Gilliam女士把手机放到桌上,一边向外走,一边云淡风轻地说了句:"告诉你一下,我需要随时检查你都在和什么样的人联系。"说完随手关上了门。

这个插曲让谭晓震惊不小,倒不是因为Gilliam女士的检查,而是在初见曙光的时候,Gilliam女士似乎嗅到了一丝危险的气息,她的举动足以说明她对谭晓的一举一动已经有所防范。她难道察觉到谭晓的计划了吗?想到这,谭晓觉得自己所有的意图必须更加小心地隐藏起来,不能让Gilliam女士有一丝一毫的察觉,不然将前功尽弃。

接下来的一个月对谭晓来说是漫长的。当谭晓为这漫长的时间做好了充足的思想准备的时候,与将军见面的日子居然在不知不觉中就来到了眼前。

这一次谭晓做足了准备。当Tom先生看完谭晓带来的所有资料后,对谭晓说:"看起来,正是因为你在国内有了这样的成绩,所以,Gilliam女士的美国跆拳道机构才会给你发邀请函。我声明一下,这个跆拳道机构真的和我没有一点儿关系。"

随后,将军把资料递还给了谭晓。

谭晓在揣测将军也许这会儿在犹豫要不要帮助自己的时候,Tom先生转过头对谭晓说:"我可以帮助你先把护照从我前妻那里骗过来。"

谭晓不敢相信自己的耳朵,"骗过来"这个词从将军的嘴里说出来简直振聋发聩!谭晓只觉得自己的血液从脚后跟儿一

第四章
/ Tom 先生的边界

下子就冲上了大脑,顷刻之间浑身发热。

这个结果令谭晓有种莫名的兴奋,她自己没有想到脱离苦海的日子竟然真的就要到来了。一想到自己在地下室已经生活了 6 个多月,谭晓此时的心情真是百感交集!

这个周末过得非常快,谭晓以为才到中午,实际上已经是傍晚了。在回家的车上,Tom 先生告诉谭晓:"我们下次见面的时候,你就要做好走的准备。"

又是一个月后的第一个周末,对谭晓来说真是度日如年。

晚上,谭晓把自己的东西仔细地过滤一遍,哪些是必须要带的,哪些是可以不要的,每一次过滤,选择的结果都不一样。为了不让 Gilliam 女士生疑,所有的准备工作都放在晚上进行。而且,谭晓要做到自己的生活就像没有发生任何变化一样。在这样的等待中,谭晓第一次觉得自己的内心非常强大,就连自己都由衷地佩服自己。

最后,谭晓把必须带的东西精减到能装进一个小包,除了自己重要的文件和那 100 美元,其他的都可以留下。很多自己的衣服不要是很可惜的,但是为了顺利出逃,这点儿牺牲必须做。她都想好了,万一走不成,至少东西还在。如果成功逃脱,作为交换,其余的东西不要了也是值得的。

还有一个重要的牺牲就是工钱,Gilliam 女士一直都没有支付过,这也是她比较放心谭晓的原因吧。但是,一想到即将到来的自由,那点儿工钱又算得了什么?此刻,谭晓觉得没有什么比自由更加值钱，如果反过来，让谭晓花钱买自由，她一定会毫不犹豫。

让谭晓最煎熬的一个月终于要过去了，在整个过程中，谭晓就像一个老练的间谍。她一边做着大量的准备工作，一边也没有让 Gilliam 女士感到怀疑。

谭晓此刻的心情要远比 Alex 见到爸爸还要更加狂喜和热烈，就好像自己要见到爸爸一样。谭晓知道，今天一走，可能意味着自己的软禁生活结束了。一想到这儿，激动的心情越发难以克制。越是接近这个时刻，越是感到不安，谭晓甚至开始担心 Tom 先生会不会履行承诺，会不会临时变卦。谭晓生怕有什么意外的事情阻碍了他前来接 Alex。她也担心 Gilliam 女士会不会临时改变主意……

是的，任何一个人的临时改变，都将影响到谭晓命运的结局。谭晓不自觉地在心里祈祷，千万不要节外生枝。

终于迎来了激动人心的时刻，将军的车已经停在 Gilliam 女士别墅的院门口。Tom 先生像往常一样走下车，来到前妻 Gilliam 女士的面前，他们打招呼的同时谭晓正牵着 Alex 上车。就在将军转身走向汽车的时候，突然，他像是想起了什么，又转回身对前妻 Gilliam 女士说道："请把这个女孩子的护照拿给我，我需要带回去检查一下，因为她现在和我的儿子在一起，我必须做到安全。"

此时，已经坐在车上的谭晓都不敢看 Gilliam 女士，生怕自

第四章
/ 与 Tom 先生的边界

己的眼神会暴露他们的"阴谋"。

Gilliam 女士不假思索地回到房间。很快，她就拿着谭晓的护照走出来。当她把护照递给 Tom 先生的那一刻，谭晓的心几乎要从嗓子眼儿里蹦出来了，她不自觉地抓住座椅上的把手，感觉汗水已经湿透了手心。

Tom 先生起动发动机，汽车缓缓地驶离大门，迎面映入眼帘的是外面的公路。谭晓那颗心快要跳出嗓子眼儿了。

汽车离 Gilliam 女士的别墅越来越远，谭晓在调整自己急促的呼吸，不知不觉中，她的眼泪流了下来。

当谭晓意识到自己真的获得自由的那一刻，她觉得空气都变得好闻起来。

与往常一样，谭晓跟着 Tom 先生带着 Alex 在游乐场混了一天。但是，谭晓根本不知道时间是怎么过去的，连 Alex 玩了什么、吃了什么，她都不记得。送 Alex 回家前，Tom 先生先把谭晓送到了自己的家里，他对谭晓说："我送孩子回她妈妈那儿，我想你应该先在这里等我。"说着把护照放在了谭晓的手里。

"好的，非常感谢你。"谭晓觉得这个 Tom 先生太善解人意了，不能想象如果再次回到 Gilliam 女士的别墅里，自己还能不能生活下去。

看着自己久违的护照，看着上面自己的照片，谭晓感慨万千。她一个人待在 Tom 先生的家里等待着 Tom 先生回来。谭晓完全没有意识到她将面对的新问题，因为她还沉浸在脱离苦海的兴奋当中。

天快要黑的时候，Tom 先生终于回来了。谭晓迎上去的第一句话就问："Gilliam 女士没见到我回去，是怎么问你的？"

Tom 先生回答道："我说，我带着 Alex 买汉堡的时候，你一转眼就不见了。"

谭晓听完将信将疑。

Tom 先生见谭晓不放心，安慰她说："放心吧，她已经相信你是逃跑了，她倒是极有可能到移民局去举报你。"

听 Tom 先生这么说，谭晓倒是有些放心了。在谭晓的想象中，Gilliam 女士一看到谭晓没有回去，肯定会暴跳如雷，说不定会逼着 Tom 先生来他家搜人呢。

"接下来我送你去哪儿？" Tom 先生这么一问，把谭晓从成功出逃的喜悦中瞬间拉回到现实。是啊！自己没地方可以落脚，现实的严酷再一次摆在了她的面前。

看着谭晓一脸愁容，Tom 先生安慰她道："你看这样行不行，你可以暂时住在这里，我知道你需要出去找工作，然后请个律师帮助你换身份，这样你才能在美国长期留下来。因为我的前妻可能已经到移民局去举报你违约逃跑。所以，如果你被他们找到就会被遣返回国。"说完，Tom 看着谭晓，等她表态。

谭晓被眼前这个 Tom 先生感动了。在这个艰难的时刻，Tom 先生愿意出手相助，实在是让人感到暖心。从目前的情况

第四章
/ 与 Tom 先生的边界

看,谭晓哪里也去不了,因为自己一点儿积蓄都没有,即便是 Tom 先生愿意让自己借住在他的家里,找律师也是需要花钱的。但一想到自己此时孤男寡女同居一室的处境,谭晓不由得又多了一份焦虑。

但是,现实的压力远比谭晓的焦虑来得更加迫切,她知道要在美国长久地站稳脚跟,必须先要解决身份问题,而解决身份问题就必须先挣钱,挣钱最快的途径就是找工作。

想清楚这一点,谭晓觉得什么都不重要了。她和 Tom 先生达成协议,就按照 Tom 先生说的那样自己先在这儿住下来。Tom 先生为她准备出了一间小屋子,谭晓看了看还算整洁,采光也很好,它就紧挨着 Tom 先生的主卧。

晚上,谭晓住进这个房间,关门的时候,发现这个房间是推拉门,并且没有锁。正是由于这个原因,谭晓睡不着。她起来绕着房间踱步,窗外不时有警车呼啸而过,很像国外大片里的动静。谭晓不经意拉开衣柜的门,眼前的一幕让她惊呆了。

因为从别墅出来没有带衣服,所有东西就是一个小包,根本用不上衣柜。所以在白天,她根本没有碰过衣柜的门。

衣柜里摆放整齐的女人的衣物让谭晓睡意全无。

她开始分析:这个房间是为某个女人准备的吗?这个 Tom 先生到底是一个什么样的人?他为什么和 Gilliam 女士离婚?他所说的一切是真实的吗?

谭晓越想越觉得混乱,整个晚上,她陷入到了这个没有答案的疑团当中，一直到天亮都没能入睡。

　　白天，Tom先生带着谭晓参观了自己的这个三层小楼，最后来到地下室的储物间，这里有洗衣机和烘干机，还有一些平时可能用到的生活用品。这个储物间非常宽敞，里面有一张小床，谭晓一下子就看到房间里有一个可以反锁的门，她下意识地跟Tom先生说："我想住在这里，因为我在Gilliam女士家一直都是住在地下室，已经习惯了。"

　　Tom先生倒是显得很随和："既然你喜欢，那就随你。"

　　这让谭晓一下子打消了昨夜对Tom先生的疑心，反而觉得自己多心了。

　　在Tom先生家度过的前几个晚上，谭晓多少还是忐忑不安的。有的时候，楼上只要一有动静，哪怕是很微弱的声音，谭晓都会敏感地听到，每当这个时候，她都会迅速穿上衣服，在忐忑中度过一整夜。

　　Tom先生似乎看出了谭晓的担心，他告诉谭晓："有一点你可以放心，我的前妻是绝对不会找到我这里来的。"

　　"为什么不会？"谭晓好奇地问。

　　Tom先生沉默了片刻，对谭晓说："因为我和她还有一个孩子，但不满6岁就死了。"

　　"对不起……"谭晓有些惊讶。

　　"就在这个房子里，当时我们都不在家，孩子们误碰了燃气阀门。当把孩子们送到医院的时候，已经太晚了，只有Alex

第四章
/ 与 Tom 先生的边界

被抢救过来了。"

"太令人难过了！"

"从那以后，Gilliam 越来越神经质和偏执，最后我们不得不分手，她执意要带走 Alex，没办法，我答应了她。从那以后，她再也没有来过这里。"

慢慢地，谭晓也相信在 Tom 先生的家是安全的。

Gilliam 女士给谭晓构成了很大的困扰，在谭晓的认知体系中，以 Tom 先生的家为界，这个家以外都是有风险的。只要你出去都会被 Gilliam 女士构成的危险所包围，这种压力大到谭晓完全忽略了自己和 Tom 先生同居一室的事实。她没有意识到这样的居住状态无形中也会给她带来潜在麻烦。

转眼到了夏天。

也许是命中注定，谭晓和 Tom 先生的奇葩事情不可避免地发生了。

一天，刚吃完晚餐，将军忽然问谭晓："和我住在一起，你紧张吗？"

"你问我这句话之前，我还不紧张。"谭晓笑了笑。

看到将军没有听懂，谭晓继续说："啊，你人挺好的。"话虽这么说，但是，谭晓逐渐感到有一种无处不在的压力正越来越迫近自己。

谭晓对 Tom 先生的基本判断是：他主动进攻的可能性不大。自己曾经在心里推演过，如果发生难堪的事情会怎么样？首先，

同年同月同日生

Tom 先生是个将军，他是个有头有脸的人，一旦对自己动粗，他的损失一定会比自己大。另外，他还算是一个温和的人。所以，谭晓觉得只要自己能把握好分寸，Tom 先生应该是可控的。

再说，目前借宿在 Tom 先生家，是谭晓的最佳选择，没有之一。谭晓觉得在解决身份问题之前，自己不管遇到什么事情都要冷静。

有时候，她还在设想一旦对方强暴自己该怎么办。很快就有了答案：Tom 先生应该不会强暴我，如果他要强暴我，早就发生了。而每次这样的心理暗示都会暂时让谭晓从紧张的状态下获得片刻的放松。

其实，Tom 先生并不是对谭晓没有想法，他只不过在不断地试探谭晓的底线。说实在的，最让人累心的就是这种试探。

此刻，谭晓觉得自己武校的经历派上了用场。她需要做自己的英雄，拯救自己。

谭晓经常自我调侃：自己的美国梦竟然是离不开地下室，在 Gilliam 女士的别墅住在地下室，逃出来后，又住进 Tom 先生的地下室。难道这预示着自己的美国梦是地下室美国梦吗？

谭晓开始思考怎么去找工作，虽然这是个艰难的过程，但是已经坚定了信念，那就是不能被遣返回国，她必须要在美国扎下根。

谭晓找到的第一份工作是在维吉尼亚·亚历克斯山大（Virginia Alexandria）的 Bamboo Garden（竹园）中餐馆

第四章
/ 与 Tom 先生的边界

打工。老板是个中国人，对谭晓很好，答应每个月的工资是 2800 美元。于是，谭晓开始了餐馆打工的生活。

她的工作是在后厨帮工，简单却很繁重。好不容易盼来了发工资的日子，谭晓却只拿到了 1000 美元，和原先答应的 2800 美元相差甚远。她拿着钱找到了餐馆老板："请问，为什么不是说好的工资？"

老板说："2800 元的标准是给那些熟练工的，而我发现你是一名新手。"

没办法，老板知道你是打黑工的，摆明了要欺负你。他料定谭晓也不敢去告他，吃定了她！

没办法，谭晓只能接受现实。在那段日子里，为了攒钱，她吃了很长时间的泡面。

冬天，华盛顿的雪还是非常大的。谭晓常常看着窗外的雪花，心情焦急，不知道这样的日子还要持续多久。

一天，Tom 先生把谭晓叫到客厅说："我知道你目前比较困难，急需要钱请律师，你看是不是可以每天帮我洗衣服和做饭，这样你可以通过劳动抵消房租？"

"没问题。"谭晓毫不犹豫地答应了。因为她很清楚美国人都很务实。再说以自己目前的情况还不能去别的地方，住在这儿是唯一的选择。

在外面日子久了，大部分华人都会有思乡之情。但是，谭晓从来不会，因为她没有值得思念的人。她来美国不就是要远离他们吗！所以，工作艰难、生活孤独，这些都不能让谭晓屈服，相反，她越来越坚强。她不断告诫自己：你需要熬过这一段时间，你不能自我怜悯，因为只有依靠自己，才能拯救自己。

谭晓经常一个人站在窗前看着窗外雪花飘落在地上，有时她还会跑到户外，站在大街中央，仰起脸看着天上的雪花纷纷落下，感受着一片一片的雪花在自己的脸上融化。此时，只有她自己能够体会一个人在异国他乡的复杂心情。

春天来了，在小树开始发芽的时候，谭晓又找到了一份新工作，到一家韩国人开的跆拳道馆做孩子们的陪练。因为老板看中谭晓有武术的底子，答应每个月工资4000美元。

这样，谭晓开始找律师，把转换身份列入自己即将执行的计划清单中。

住在Tom先生家已经有一段时间了。虽然是地下室，空间狭小，卫生间更狭小，洗漱用品和化妆品不得不堆放在一起，但对谭晓来说已经很好了。她相信未来一定会拥有属于自己的独立、宽大的卫生间，到时候她会把所有的洗漱用品和化妆品分类陈列在专门的架子上，像商场的货架那样。那样有仪式感的陈列，可能会增加使用时的快感吧。

再说，Tom先生这里很安全。所以，谭晓专心地把挣到的每一分钱首先用于转换身份这一刚需上。

不知不觉中，谭晓和Tom先生居住在一起已经十分融洽和

第四章
/ 与 Tom 先生的边界

自然了。而且，Gilliam 女士的威胁似乎越来越淡，淡到谭晓甚至忘了她的存在。

一天，Tom 先生提议一同去采购。于是，谭晓与他一同前往附近的沃尔玛超市。整个过程中，谭晓都有些不好意思，因为她总是感觉旁人把她看成是 Tom 先生的华裔妻子，而谭晓观察 Tom 先生倒是很享受这种感觉。

在回来的路上，当 Tom 先生的车停在一个路口等红灯的时候，忽然，他认出了停在他们前面的那辆车，开车的居然是他的前妻 Gilliam 女士。天呐，Gilliam 女士怎么会在这儿？谭晓也大吃一惊，Tom 说："她已经从后视镜认出我们了。"

这时候绿灯亮了。谭晓希望可以尽快远离对方，可是那辆车停在原地就是不走，Tom 先生的车以及后面的车都在按喇叭，那辆车像是没听见一样，停在原地一动不动。这让谭晓感到了一种压力，犹如对手面对面的一种对视，一种较量。最后，Tom 先生用力打转方向盘，从她的车后拐出来，加大油门急速开走了。

刚刚离开没多远，谭晓就接到了 Gilliam 女士的微信，上面写着："你好样的！"

谭晓感觉五雷轰顶，无论自己怎样也逃不出 Gilliam 女士的阴影，她意识到 Gilliam 女士肯定是不打算放过自己的，她有着强烈的报复心理。

谭晓已经预感到，Gilliam 女士将给自己未来的生活带来很多不确定性。

在这样的情况下,她更加觉得待在 Tom 先生的家是安全的。但是,她怎么也想不到,最大的不确定性恰恰来自 Tom 先生。

某天晚上,Tom 和谭晓并排坐在沙发上看电视。他忽然伸了个懒腰,顺势把手臂自然地搭在谭晓身后的沙发靠背上,谭晓并没有在意,因为好朋友之间经常也会是这样子的,甚至男女朋友互相搂在一起看电视也很正常。

但是,Tom 先生却不同,他的目的非常清晰。面对这样一个东方美人,Tom 早就想上手了,但是碍于自己的身份,他也不想把关系弄僵。所以,Tom 就像一个很有耐心的猎人,他在等待谭晓主动就范,他在用时间来消磨谭晓的防备之心,而谭晓也敏感地察觉到了这一点。如果不是被现实所迫,需要借宿在 Tom 家,谭晓怎么会忍受这份折磨呢?对谭晓来说,直接动手她反而不怕,毕竟自己还是武校毕业的。谭晓怕的是那种无休止的试探。

这时候,谭晓觉得 Tom 先生把他的手从沙发背上挪到了自己的肩上,尽管这个时间足足等待了有 3 分钟,但是谭晓还是觉得很不自然。她克制着在想下一步该怎样应对,这时候,谭晓觉得那只手在使劲,在试探着用力把自己拉向 Tom 先生的怀抱,此时,谭晓既不想伤对方的面子,也不想给对方错觉以为自己可以接受。她很自然地站了起来,回过头对 Tom 先生说:

第四章
/ 与 Tom 先生的边界

"我去拿瓶水,你要吗?"

Tom 先生很识趣地说:"谢谢,我不要。"

晚上,谭晓仔细地检查了地下室的房门是否锁好,为了保险,她还搬了一把椅子,用椅子斜靠在门的把手上。

谭晓躺在床上一遍一遍在脑海中闪过自己和 Tom 先生的这次博弈,谭晓觉得此地不宜久留。

其实,发生这样的事也算是件好事。至少,谭晓进一步了解了 Tom 先生的意图,这样防范起来也就容易多了。

她把这看作是他们之间的博弈游戏。谭晓分析,Tom 先生总体来说是个好人,由于自己还需要一些时间,也需要更多的钱。在达到这个目标以前,谭晓清楚自己要怎么做。换句话说,她还不能离开 Tom 先生的家。

根据目前的状况,谭晓精准地制订了应对 Tom 先生的方略:"敌不动我不动,敌若动我先动"。

谭晓毕竟是练过武术的,她比一般女性对危险的识别更加敏锐。所以她也比一般人更加自信,更加大胆。她坚信自己对 Tom 的直觉是对的,坚信自己对事情的判断不会错。

她事后回想起自己在 Tom 先生家的那段日子,觉得当时她简直就是拿自己的人生赌自己的运气。

谭晓就这样一直走在危险的边缘,一直冷静地操控着自己的人生。这种冷静和胆识让谭晓自己都觉得后怕。

任由谭晓的想象力再强大,她怎么也不会想到,Tom 先生会在自己面前一丝不挂。

那是夏末的一天，谭晓像往常一样正在饭后收拾碗和盘子。就在这时，Tom从浴室里走出来，谭晓抬头一看，着实吃了一惊。只见Tom先生仅在肩上披了一条白色浴巾，浑身赤裸，一丝不挂。

Tom先生看着说不出话的谭晓，若无其事地走到她的面前问："你会按摩吗？"

谭晓强作镇定地看着眼前这个又黑又壮的裸男，使劲儿平静了一下自己的心情，然后装作若无其事地说："会啊！你怎么知道的？我们在大学里学过中医按摩，人体的穴位我很清楚，你要我为你按摩吗？"

谭晓也不知道自己当时是怎么就蹦出了这句话的。但是能够说出来，还能强装笑颜，就足以说明她的内心有多么强大。

Tom先生近距离面对谭晓站着，本身就对谭晓构成了极大的心理压力。他对着谭晓微笑了一下，径直向卧室走去。

谭晓的大脑在高速运转，她在心里不断地告诫自己一定要冷静。忽然她灵光一闪：他是个将军啊！我是光脚不怕穿鞋的，如果他真的要对我动粗，那他的名誉损失比我要大得多。谭晓就这样努力平息着自己的紧张心情，如同走向刑场一样向卧室走去。

Tom先生已经赤条条地趴在床上，等着这位美女按摩师了。

谭晓一步一步走向Tom先生，这是她生平第一次和一个裸

第四章
/ 与 Tom 先生的边界

体男性这么近距离地待在一起,更不可思议的是,自己竟然还答应为他做全身按摩。谭晓都不知道自己的勇气是从哪里来的。

谭晓找到一瓶 Baby 油,凭着记忆,故作老练地把它倒在手心里,然后搓热,把双手放在了 Tom 的肩背处,顺着他结实的肌肉向下滑去,一直到腰部。

谭晓用手就能感觉到 Tom 的整个肌肉是非常紧张的,她看着自己一双纤细柔软的手,与一面坚实且黝黑的背形成的强烈反差,有那么一瞬间,谭晓竟然有些恍惚。

直到结束,竟然没有发生更加不堪的事情。谭晓一颗悬着的心终于落下来。令人意外的是,Tom 先生居然没有任何小动作,他只是安静地享受着特殊的服务,让谭晓哭笑不得的是,这个服务项目竟然被 Tom 先生当作保留节目给固定下来,成了每个周末的例行服务项目。当然,每一次按摩 Tom 先生是给小费的,谭晓觉得这一举动把这件事情的性质向着安全的方向又拉回来了一些。

但是,每一次按摩都是一次心力的较量。Tom 总是用他硕大的身躯尽量盖住整张床,把留给谭晓的位置挤压到很小,以至于谭晓要么紧挨着他,要么就要骑到他的身上,否则就会掉下床去。

不管怎样,谭晓凭着自己的大胆和智慧,牢牢地把握住了自己与 Tom 先生之间的界限。几次下来,谭晓反而觉得越来越轻松。

终于，谭晓离开 Tom 先生的机会已经成熟了。

她所在的跆拳道馆要在洛杉矶开分店了。韩国老板特别欣赏谭晓，希望她能够和自己签约，一起到洛杉矶开拓业务，薪水自然也翻了两倍。如此美事，谭晓毫不犹豫答应了。一方面可以摆脱眼前的困境，还能赚更多的钱来支付律师费。谭晓相信，自己很快就会有新的身份了。另外，谭晓知道这个韩国人喜欢自己，他叫朴俊男，比谭晓大 5 岁，从小在美国长大，父母是第二代的移民，人很儒雅也非常有教养，谭晓也非常喜欢他。

一切都是水到渠成。终于到了要告诉 Tom 先生的时候。

这一天，谭晓请 Tom 吃饭。在饭桌上，她提出了告别。

Tom 先生听完谭晓的话非常失望，看得出来，他很喜欢谭晓。

整个吃饭的过程中，谭晓一直都在心里检讨自己，觉得自己把 Tom 先生看低了。谭晓觉得 Tom 先生是个羞涩的人，他不善于表达，他的本质是很善良的，是他在谭晓人生最艰难的时刻，给了她最实际的帮助。

让谭晓没有想到的是，就在聚餐快要结束的时候，意外出现了。

自从谭晓来到美国，意外总是伴随着她。似乎每一件事情都是不顺利的，每一件看上去完美的事情总会伴随着意外的反转，这似乎就是谭晓在美国的跌宕人生。

此刻，从门外进来三四个移民局的人，他们把谭晓团团围住，

第四章
/ 与 Tom 先生的边界

并告诉谭晓:"你的雇主举报你擅自违约,非法打工,我们要带你回去做进一步的调查。"

谭晓一下子就意识到,自己终于被那头非洲母狮给咬住了,一切都是徒劳的。谭晓看着 Tom 先生,而 Tom 也诧异地看着移民局的人却毫无办法。

谭晓被带到餐厅外的停车场,她被簇拥着走向一辆中型旅行车,旁边停着一辆警车,一位警官正在用手机向上级汇报,就在谭晓从她身边走过的时候,清晰地听到这位警官说让 Gilliam 女士放心,事情会办好的。谭晓知道电话的那一头就是 Gilliam 女士,她在被按进车厢的一瞬间回头看向那个餐厅,只见玻璃窗后面,Tom 正注视着自己。

就这样,谭晓心里非常清楚自己在美国的日子已经结束了。想到 Gilliam 女士,谭晓竟然有些同情她。也许她非常愤怒的不是谭晓提前毁约,她一定是因为谭晓勾引了她的前夫才痛下杀手的。

即便是这样,谭晓在心里还是会原谅这种人。

经过调查与核实,确认谭晓属于私自提前毁约,并且打黑工,谭晓本人也在确认书上签了字。

最终,谭晓买了张回中国的单程机票,她知道自己的美国梦终于画上了一个句号。

多年以后,每当谭晓回忆起这段往事的时候,她总是不以为然,觉得如果当时能留在美国,自己一定能成就一番大事业。

但是,"塞翁失马,焉知非福"。谭晓觉得任何事情都有它的两面性,所发生的一切也许就是最好的结果,至少在美国的经历锻炼了自己,让自己更加能经受得住打击。

一个坏事情的发生,总会有一个好事情即将到来。

谭晓在美国辗转了两年后,现在正搭乘美联航UA086次航班,前往中国北京。

谭晓不但没有被挫折击垮,相反她坚信自己无论在哪里,都能活得有滋有味。她认为人必须要面对现实。谭晓的现实就是回到自己的国家,重新寻找出路。

在回来的飞机上,谭晓无意中从杂志上看到国内新兴的民宿行业正如火如荼地在全国遍地开花,她把这篇文章仔细看了好几遍,就像发现了新大陆一样,觉得自己应该很适合在这个领域试一下。

飞机距离北京首都国际机场还有两个多小时的时候,谭晓已经在构思自己创办民宿的计划了。她敏感地意识到,在今天的中国,消费型增长日趋强烈,而自己的民宿计划,还恰好可以实现自己儿时对家的梦想,这真是两全其美。

第五章 十年的证明与等待

飞机开始缓缓下降。广播里的声音传来:"女士们,先生们,现在我们的飞机开始下降,请大家收起小桌板,竖直座椅靠背,打开遮光板,距离北京首都国际机场大约还需要 45 分钟。"

谭晓闭目靠在座椅上昏睡着。

童年时候,由于被爸妈抛弃过,所以谭晓就觉得好朋友一诺在自己面前有一种优越感,尽管她和妈妈在她爸爸的家也备受欺负,但是,当一诺和自己在一起的时候,总会表现出一种要保护人的英雄气概,谭晓认为这就是一种优越感。

但不管怎么说,谭晓是很羡慕一诺的,因为和自己相比,她的爸爸妈妈都很爱她。

出于孩子的本能,一诺也会不自觉地夸大她和谭晓的这种差距。时间久了,一诺逐渐形成了一种习惯,她认为照顾谭晓是自己的责任。

她们俩经常在地上画出她们心中想象的"家",在这个"家"里有自己的"孩子"。

在对待"孩子"的态度上,分别能看出她们各自的家庭生活给她们留下的烙印,甚至能够看得出她们的家庭给她们造成的伤害和影响,遗憾的是她们在那个时候根本意识不到。

正因如此,她们的童年和其他孩子一样是快乐的。和其他孩子不同的是,她们会把自己在现实中受到的委屈和压抑,在这个虚拟的"家"里尽情地释放出来。

她们在虚拟的世界里"过家家",爸爸是一诺,妈妈是谭晓。偶尔,她们也会因为"孩子"的事而大吵一架,谭晓歇斯底里地冲着一诺喊:"为什么把孩子的裙子撕破了?"一诺感到委屈,哭着对谭晓说:"那我让我妈再做一条裙子。"

忽然,一阵巨大的轰鸣声冲进耳膜,谭晓一下子从睡梦中惊醒。

原来飞机已经落地,巨大的轰鸣声是涡轮发动机产生的反推气流的声音。

这时,空姐向大家播报飞机已经降落在首都国际机场,室外的温度是19摄氏度……

谭晓从舷窗向外看,移动的廊桥正在靠向飞机机身。

第五章
/ 十年的证明与等待

时隔两年,再一次回到中国,谭晓一下子想起了自己和一诺在那个小火车站告别时的情景,那次童年时代的告别,到今日已经过去了整整 11 年,昔日儿时的玩伴,现在已经不是当年的孩子了。光阴荏苒,她们都在残酷的人生舞台上经历过不同的场景转换,一切都被时间褪去了光华。

虽然分别时还是孩子,再次相聚已经成年。

谭晓坚信她们之间对彼此的情感一直都没有改变。

此刻,谭晓平静地坐着,想象着在到达出口时,等待的一诺现在是什么样子。不知道两个人一会儿相见情绪会不会失控。

即将走出玻璃门,谭晓远远地看见了人群中的一诺。一诺冲她笑着,依然是那熟悉的笑容。谭晓一阵激动,虽然相隔 11 年,一诺的眼神一点儿都没变。

她们紧紧地拥抱在一起,没有一句问候,没有寒暄,此时,她们通过拥抱感受着这么多年对彼此的想念,感受着彼此的经历和成熟。

离开机场,一诺带谭晓直接住进了专门为她预订的一家酒店。这是离一诺家最近的一个酒店,酒店设计典雅,品质一流。

谭晓走进卧室,一下子就倒在柔软的大床上说:"妈呀,太舒服了!"

一诺忍不住说:"你是怎么回事?出国这么久了,一嘴大碴子味到现在都改不了?"

谭晓说:"是不是一下子就被这家乡口音拉回到了 11 年

前了？"

两个人都笑了。

一诺虽然和谭晓是老乡，但是，一诺从小就不喜欢东北腔调里的土味，所以，在她的语言里，听不出大碴子味，如果不告诉别人，别人也根本听不出她是土生土长的东北人。

一诺为谭晓所做的安排是非常周到的，一进酒店就让她感到了温馨和舒适。谭晓深情地对一诺说："我真觉得自己有了回家的感觉。"

在酒店里，她们安静地喝着茶，偶尔还互相看着彼此，她们想要在对方的脸上找出11年前她们曾经熟悉的样子。她们不忍心打破这份宁静，不愿意破坏这次美好的重逢。

还是一诺率先打破了这个局面。

"我有未婚夫了。"一诺轻描淡写地告诉谭晓，她尽量让这件事情显得平常，显得没什么大不了。但是，谭晓还是被震惊了："哈！保密工作做得很好啊，回来之前怎么一点儿也没有透露啊？"

"这也不是什么值得炫耀的事。"在谭晓面前，一诺尽量淡化这件事。

"哎妈呀，这可太好了！啥时候办事？"谭晓惊叫着。

"正在准备，具体时间还没有定。"

"姐夫人咋样？要是不嫌弃我，把我也收了呗。"谭晓冲着一诺傻笑。

一诺笑了，她熟悉谭晓的说话风格，虽然长大了，但是话不过三句，原来的样子就显现出来了。

"考虑过回一趟852吗？"一诺问。

"我吗？"

"这么多年你们的关系改善了没有？"谭晓知道一诺问的是自己和母亲的关系。

"不能够！这么跟你说吧，你只要看见我回852，那指定就一个原因：去参加'那个女人'的葬礼。"

空气变得凝重起来。

一诺起身对谭晓说："不早了，你今晚好好休息，睡到自然醒，明天我给你接风，顺便认识一下你姐夫。"

当一诺走到门口时，谭晓叫住了她："你等会儿。"

她从一堆带回的行李中间找出一个大盒子，递给一诺："我专门为你买了这个礼物。"

一诺接过来一看，原来是一款乐高的阿伦黛尔城堡。

一诺会心一笑，对谭晓说："还记得呢？"

"当然，你不就喜欢城堡一样的家吗！"

回家的路上，一诺想起了自己和谭晓在童年的时候玩过的一个心理测验游戏，所有的问题，都有一个统一的"在沙漠里处于绝境"的前提。记得当时一诺被问道："如果有个家，你希望它是什么样子的？"一诺想，既然已经在沙漠里走了10多天，没吃没喝，那只要个小木屋就够了，温馨，有水、有炉子就行。结果这个答案说明：一诺对家庭的设想是古朴的，重温馨而去华丽。谭晓则截然相反，她喜欢华丽的宫殿。

多年以后，一诺觉得还挺准的。

一诺回到家已经很晚了，但是丝毫没有睡意，她坐在沙发上，看着眼前谭晓送的城堡玩具百感交集。

她的思绪被这个城堡拉回到遥远的东北，那是靠近完达山的一个农场，当地人叫它852农场。

每逢下雨，土地的颜色如同黑色的巧克力一样。那真是名副其实的黑土地，广袤无边。

记得当时农场的工人用履带式拖拉机耕地，只需调整好方向，工人就可以睡一觉，因为黑土地太大了，你只管睡觉，什么时候拖拉机自己开到田野尽头，一头栽到排水沟里熄火了，你再把拖拉机倒上来，调整好方向，往回开，然后可以接着睡，因为一个上午最多也就能开两个来回。

当时，852农场的打麦场只有一个半篮球场那么大，可是每年从这里运出去的麦子足足上亿吨。

一诺对852农场记忆最深的地方就是"东方红剧场"，那是农场唯一的苏式建筑。在剧场的背后有一片白桦林，很多年轻的恋人都喜欢到那片林子里约会，因为他们可以随便在某一棵树上揭一块白桦树皮，裁剪整齐后用来给自己的恋人写情书，特别浪漫。

第五章
/ 十年的证明与等待

大概从那个时候开始，一诺就对做新娘非常期待。所以，当谭晓为了远离自己糟糕的家庭，希望找一个外国男朋友的时候，一诺却在心里默默期待着自己的白马王子降临。

距离"东方红剧场"南面约2公里的地方有一个非常大的湖，湖上的岛在这一带远近闻名，因为上午它会在湖的西边，而到下午，就会漂到湖的东边，因而人们称它"漂岛"。

"漂岛"的面积有将近一个足球场那么大。它漂流的速度很缓慢，如果你在上面，几乎感觉不到它的移动。因为无人开垦，岛上始终保持着原始状态，有很多野鸡在岛上筑窝，有时人们会上岛去捡野鸡蛋，运气好的话，还会碰上傻狍子。稍不留神，也会在不知不觉中被漂到湖的另一侧，弄得家里人找半天都找不到。

靠近湖边有一个渔场。一诺的爸爸就是当时渔场的场长，一诺的妈妈是小学教师，非常漂亮，在当地是出了名的。虽然很多人喜欢妈妈，但最后她还是嫁给了一诺的爸爸。

一诺和谭晓从会说话开始就是最要好的朋友，她们整天形影不离。

那时候，在偏远的地区，人们的注意力都在如何改善生活上，很少关注精神层面的需求。对两个孩子来说，她们的家庭问题给她们的未来造成的影响根本没有人关注，准确地说是没有人会意识到。

从恶劣程度来划分的话，显然是谭晓的家庭更糟糕，这反而造就了谭晓的叛逆、具有反抗精神的强烈性格。因为痛苦的来源清晰可见，所以谭晓从小就养成了独立、靠自己的能力。与谭晓的家庭相比，一诺的家庭情况要好很多，一诺也压抑，但是她找不到痛苦的根源，有时候她甚至还以为自己生活在一个很温暖的家呢！直到她在商场和奶奶遭遇的那一天。

在她的整个童年，她都不清楚妈妈为什么被全家人嫌弃，甚至被恶劣地对待。所以，她从小就本能地站在弱势的妈妈一边，成为妈妈的捍卫者。

不同的是一诺的这种反抗与谭晓的反抗相比要盲目一些，也显得软弱一些。

一诺记得自己长大以后，才明白妈妈为什么被孤立，才知道爸爸为什么放任全家人对妈妈的欺负而不闻不问。

原来，妈妈生了一诺之后，爸爸心里还想再要一个儿子，毕竟这是一些人的惯性思维。

让所有人始料不及的是，妈妈在没有跟任何人商量的情况下，独自去做了绝育手术，而且还把独生子女证给领回来了。妈妈根本没有料到，这样做让她付出了多么惨痛的代价。只是记得妈妈曾经伤心地告诉自己："如果再要一个弟弟，妈妈怕你受委屈。"

妈妈的这一行为对爸爸的打击是毁灭性的。从此，爸爸的家人都与妈妈为敌，家庭失去了往日的温馨，妈妈成为家庭中名副其实的"二等公民"。

第五章
/ 十年的证明与等待

一诺的爸爸有三个妹妹,她们是一诺的大姑、二姑和小姑,再加上一诺的奶奶,可想而知,从一诺成为独生子女以后,她们全都变成了敌人。为此,一诺也被妈妈连累,尝到了被冷落、被轻视的滋味。

对一诺影响最大的是,原本慈祥和蔼的奶奶,因为妈妈的原因,对一诺的态度也变了。一诺 5 岁的时候,在商店门口和奶奶偶遇的情景,至今让她记忆犹新。

那天,母亲拿出五角钱说:"诺诺,去商店买两个馒头回来。"

"好的。"一诺高兴地飞奔到商店,正要进门的时候,和出门的奶奶打了个照面。

奶奶笑着问:"诺诺,你干啥来了?"

一诺回答说:"买馒头。"说着就看到奶奶手里拎着很多刚出锅的馒头。

奶奶看着一诺笑了笑:"你也来买馒头吗?"

一诺点点头,眼睛紧盯着奶奶手里的馒头。在小一诺的眼睛里,奶奶拿的馒头好像非常大非常白。

这时,奶奶从网兜里拿出来两个又白又大的馒头递给一诺,一诺看着奶奶递过来的馒头,心里很温暖。

一直以来,妈妈都告诉一诺:"不要管奶奶要东西吃,因为奶奶是不会给你的。"

这让小小的一诺在潜意识中以为,奶奶是不喜欢自己的,更不喜欢妈妈。可是现在奶奶的形象一下子变了。她看见奶奶伸出手好像是要抱自己,一诺也伸开双臂迎了过去。然而,奶奶并没有抱她,而是"呼"的一下子,从一诺的手里把那五角钱抓了过去,然后,拎着馒头走远了。

一个慈祥的形象就这样在一诺幼小的心里瞬间崩塌了,更加恶劣的是,这件事让一诺开始不敢相信亲情,甚至怀疑人性的善良。

也就是说,一诺在很小的时候,就可以分清楚爱和施舍的区别。

对一个孩子来说,成人世界过于残酷了。

第二天上午 11 点半,一诺到酒店接上谭晓,直接去餐厅。

路上,谭晓问:"怎么就你一个人?"

"胡老师先去餐厅了,他在那等我们。"

"胡老师?这个称呼有意思。"谭晓边说边看着一诺坏笑。

"怎么样?昨天睡得好吗?"

"太舒服了,床很软,周围安静。"

"你喜欢就好。"一诺说。

谭晓忽然说:"你和姐夫什么时候办事?要不要我来帮你把把关?我看人可是……你懂的。"

一诺笑出了声:"不用,他人不错,我相中的人你放心。"

看着一诺信心满满的样子,谭晓也没有什么可说的。

但是让一诺没想到的是,自己选中的胡老师,在谭晓的眼里竟然是那么不堪,甚至被彻底否定。早知道这样,一诺是不会带胡老师来见谭晓的。

第六章 胡老师的恐惧

一诺订的包间有一个圆顶玻璃天花板,直接可以看到外面的天空。那天天气格外晴朗,蓝天白云像是在画中,多了几分不真实感。

谭晓一进包间,胡老师就热情地跑过来和她握手,并且像是见到了老熟人一样:"终于见到一诺的闺蜜了,的确是个大美女。"他的眼睛就没有离开过谭晓,热情地说:"叫我胡老师,你就跟着一诺叫吧。"

谭晓的手被胡老师握得很紧,她一边微笑着一边说:"胡老师好,果然是郎才女貌,怪不得一诺还跟我保密呢,怕我拐跑你了。"说完冲着一诺大笑起来。

胡老师这时候才把紧握的手松开了,客气地请谭晓入座,

第六章
/ 胡老师的恐惧

自己也坐回到座位上。

菜上齐后,一诺招呼谭晓:"别客气,今天就你、我和你姐夫,随意哈。"

胡老师说:"对,你是一诺的闺蜜,不用客气。"然后热情地给谭晓夹菜。

谭晓趁机无所顾忌地打量着胡老师,她觉得胡老师长得还算帅气,浓眉大眼,鼻梁挺拔,虽然嘴唇的线条软了点儿,但是五官整体搭配还是能过眼的,就是热情得有点儿过了。

因为胡老师坐的位置几乎和谭晓是面对面,所以他要起身走到谭晓的身边才能帮她夹菜。有那么一刻,他们两个人几乎是头碰头。在那么近的距离,谭晓能清楚地看到胡老师眼睛里微妙的眼神。她发现胡老师在热情的背后还是有一些紧张的,他并不敢看自己,甚至不自信地回避自己的目光。

胡老师夹完菜往回走的时候,谭晓说了声:"谢谢。"随后看了一眼坐在自己边上的一诺,一诺举起酒杯和谭晓示意:干杯。

两个人轻碰酒杯,把酒干了。

说到对男人的直觉,谭晓一直都是很自信的,因为她在幼年的时候就经历过男人心里的欲望本质。尤其是在自己独闯美国之后,谭晓不仅对男人,对人性也有了更深刻的了解,这远远超出了她同龄人的认知水平。可以说,谭晓凭直觉就可以准确地感知站在自己面前的男人,是不是有危险。换句话说,一个男人站在谭晓面前,基本上就是透明人。

谭晓吃着菜,不由得赞美道:"国内的餐厅越做越好了,环境好,味道也棒。这是最令我回味的味道。"

"慢慢吃,我还会带你去吃更好的。"一诺得意地回应道。

包间里是一张旋转圆桌,一诺和谭晓坐得比较近,胡老师坐在两人的对面,看上去不像是给谭晓接风,倒像是姐夫请两个闺蜜吃饭。

谭晓问胡老师:"胡老师,我觉得还是叫你姐夫更亲切,你觉得呢?"

胡老师说:"我怎么都行,原来一诺比你大啊,你们不是同年同月吗?"

"她大我半天。"谭晓看着一诺。

"那也是大。"一诺边吃边说。

谭晓说:"姐夫,问你个事,你在哪家公司上班?"

"大熊的公司,就是一诺原来的公司。"

"姐夫是学什么专业的?"

"企业管理。"

这时,一诺端起酒杯说:"来来来,我们今天为谭晓接风,欢迎她从美国归来,干杯。"

在座的三个人同时举杯,干了杯中酒。

再倒酒的时候,谭晓已经注意到了一诺刚才表情的细微变化,当胡老师说完自己专业的时候,一诺马上举杯提议干杯,

第六章
/ 胡老师的恐惧

像是想打断这场交谈。

这时,胡老师的电话响了。谭晓和一诺的注意力都转移到了他接电话的动作上,只见他起身走到门口,嘴里接连说:"好,要得!"

他转过身走到谭晓面前对她说:"实在不好意思,公司有急事需要我回去处理,我先走了,希望你们吃好、聊好,改天我们再聚。"说完,胡老师再一次把手伸到谭晓眼前,谭晓看了一眼他的手,不情愿地伸出手握了握。

胡老师笑意盈盈地对一诺说:"招呼好客人啊。"说着快步走出了包间。

接下来,包间里就剩下一诺和谭晓两个人了。整个桌子被各式菜肴挤满,有几道菜却还没有动筷子。

谭晓对一诺说:"点太多了。"

一诺这时看着谭晓说:"你姐夫怎么样?给个分数?"

谭晓似乎嘴里的东西还没有咽下去,她看了一诺一眼,意思是"稍等"。

一诺熟悉这样的眼神:"没关系,有一说一。"

谭晓咽下东西:"说实话吗?"

"当然。"

谭晓放下筷子,低头喝了口水,然后对一诺说:"我不看好你们。"

有了前面节奏上的铺垫,一诺心里是有准备的,但还是没有想到谭晓给出这样的差评。

"说说理由。"一诺抿了一小口酒随后说。

"一个男人如果有强烈的存在感说明他有问题。"谭晓说完坦诚地望着一诺。一下子彼此都没有接上话，气氛有一点儿尴尬。

"我没感觉到啊。"一诺不甘地说道。

谭晓心里清楚，一诺从心理上还是比较排斥自己对他们关系的否定，毕竟一诺的选择有她充分的理由。

一诺很清楚胡老师就是怕人知道他没有文凭，但是没有文凭这件事对一诺而言根本不是什么要紧的事。一诺看上胡老师的时候，就知道他没有文凭，但是他至少具备了可贵的一点，那就是善良。这的确与一诺的生活环境有关，对一诺而言，善良是衡量一个人最重要的标准，一诺非常笃定自己的选择。

一直到下午4点多，一诺和谭晓还没有离开餐厅。此时，她们已经喝掉了四瓶红酒。

一诺问谭晓："你不是不打算回来的吗，是什么让你改主意了？"

谭晓苦笑了一下："我在美国的经历可以拍一部电影，你脑洞再大，都不会想到我的'美国梦'是怎么经历过来的。"

一诺一下子充满好奇："快说说，我正琢磨着你为什么不待在美国了。"

"这哪是一下子能说得完的，总之，我先总结一下，美国

第六章
/ 胡老师的恐惧

已经不是我们想象中的美国，美国人也浮躁，骗子、大忽悠到处都是，我可以专门找时间为你上一堂当代美国课，题目就是：当今的美国是民主自由的坟墓。"

"标题很醒目啊！"

"这可是我的亲身感受。"

一诺看着谭晓半真半假且带着夸张的演讲，忍不住笑了。

"你在美国有两年了吧，现在回来了有什么打算？"一诺问。

谭晓想了想告诉一诺："我想做民宿，你觉得怎么样？"

"啊！你对民宿感兴趣？"

"在飞机上忽然得到的灵感。民宿市场很大，我发现做民宿的同时还可以实现我的理想。"说到这里两个人都笑了。

"你有什么资源吗？"一诺问。

"没有！但我有你呀。你在房地产圈子人脉广，我还怕没资源？"

"你怎么知道我一定帮你？"一诺笑着看谭晓。

谭晓看着一诺，肯定地说："你会。"

他们继续推杯换盏，看着手里的空酒瓶，谭晓对着包间的门大喊："服务员，再拿一瓶酒。"

当她们离开餐厅的时候，已经是午夜了。虽然喝了很多酒，但是她们俩谁都没有醉。对她们来说，这既是一个沉重的夜晚，也是一个解脱的夜晚。

一诺觉得自己还要做得更好，她要向谭晓证明自己的选择是正确的。而此时的谭晓，心里很心疼一诺。因为在她看来，一诺的苦日子还在后头呢。她希望一诺能像自己一样清楚地看到这一点，毕竟他们还没有正式结婚，一切都还来得及。

本来为谭晓接风是件开心的事，但是谭晓对胡老师竟然如此不看好，这让一诺非常郁闷。一诺心事重重地送谭晓回酒店，两个人坐在房间里显得有些尴尬。沉默了一会儿，谭晓笑着说："你们俩谈多久了？"

"有一段时间了。"

谭晓看着一诺，意味深长地说："良药苦口。"

"知道。"

"你们指定不合适。"

"为什么？"

"他配不上你。"

"我也没有那么完美。"

"你给不了他想要的。"

一诺抬头不解地看着谭晓，琢磨着谭晓这句话的含义。一诺认为自己对待生活的态度是认真的。

从这一次和谭晓谈话以后，一诺花了将近10年的时间，试图向谭晓证明自己的婚姻没有问题。

而谭晓也等了一诺10年，因为她想凭着一己之力，救一诺于水火之中。

第六章
/ 胡老师的恐惧

从谭晓那里出来,一诺并不想马上回家。她走在路上,趁着徐徐凉风,一边走一边想,也许谭晓有她的道理,胡老师在出来之前就和一诺交代过:"我不想让别人知道我没有文凭。"

一诺对他说:"没有人在意这个问题的。你不觉得撒谎是件很累心的事吗?"

听到一诺这么说,胡老师严肃地说:"我是认真的,这件事全世界只有你知道,我不希望第二个人知道。"

所以,不管一诺愿不愿意,在饭桌上,她都替胡老师掩盖了关于文凭的问题。

但是,通过这件事,一诺也看到了胡老师内心的恐惧,她不理解,他怎么就那么怕被人知道自己没文凭呢?比尔·盖茨不也是辍学的吗?

但是在胡老师看来,这是关系到在人际关系中自己能不能被大家尊重的大事。只有身处于他这样的境地,才能感同身受,才知道文凭对他这样的人来说有多重要。

的确,文凭给胡老师带来很大的压力,这压力堪比一座大山。因为,周围的人怎么看他,是天大的事。像胡老师这样的人,生来就是活给别人看的,他们很累很辛苦,他们这辈子都活在别人的眼光里。

和胡老师相比,一诺忽然觉得谭晓真的是很强大,她也有不堪的童年,但是她就不像胡老师那样有恐惧感,她已经将不堪化成了坚强。

第七章 伤感的婚礼

第二天一早,一诺接谭晓出来喝咖啡,地点就在自己的公司楼下。因为距离不远,她们从宾馆走过来要不了多长时间。

谭晓慢慢品着起司蛋糕,看着热气从咖啡杯里慢慢升起,她问一诺:"今天有什么安排?"

一诺告诉谭晓:"一会儿带你看看我的新公司,就在楼上。"

"真的?祝贺你!"谭晓为一诺高兴。

一诺笑着低头喝咖啡。

谭晓说:"你刚毕业,这么快就创办了自己的公司,你是怎么做到的?"

一诺说:"我碰到了一个好老板,大三实习的时候直接安排我到他的公司实习。"

第七章
/ 伤感的婚礼

"他这么看重你,为什么还要跳槽?"谭晓好奇地问。

"我受不了约束,再说还是他鼓励我创办自己的公司呢。"

"别跟我扯了。"

"真的,我好像被他看透了一样。"

"被看上了还差不多。"谭晓揶揄道。

一诺说:"不知道为什么,他一眼就看出来我的天性很难约束。所以,他主动帮我注册了一个独立的公司,名叫'企鹅设计有限公司',我是法人代表。这样一来,他的公司和我的公司可以是战略合作伙伴,既不用约束我,我也跑不了。"

谭晓说:"你老板他情商太高了。"说着谭晓不怀好意地看着一诺。

一诺会意:"但他有一位非常可爱的太太。"

"换作是我,就收你为妾。"谭晓对这样的男女关系向来都很敏感。

一诺看着谭晓神秘地说:"你就不想问问我早上找你来喝咖啡,没有别的事吗?"

谭晓一愣:"那是有还是没有?"

一诺说:"第一,我的公司刚成立需要招人,而你又刚回国,需要找工作。第二,我缺个助理,而我觉得你很适合这份工作,怎么样?于公于私都是你,就看你有没有兴趣了。"

忽然,谭晓跳了起来大叫一声:"你真是我的亲姐!"接着她连喊带叫地扑向一诺,两个人紧紧地拥抱在一起。周围的客人纷纷投来诧异的眼光,看着她们抱在一起像中了大奖似的。

一诺也被谭晓的情绪所感染。有一瞬间,她甚至产生了一种穿越的感觉,仿佛又找回了自己和谭晓童年时的记忆,感觉自己拯救谭晓的力量爆棚,那种说不上来的英雄主义情怀混杂着母爱一股脑儿地撒向弱小的谭晓。这时候,她感受到强烈的成就感。

当她们两个人各自重新坐下来的时候,竟然发现彼此的眼睛都红了。

谭晓就这样做了一诺的助手。

时光荏苒,半年时间一晃就过去了。

在这半年里,她们如影随形,珠联璧合,使得一诺新公司的业务开展得非常顺利。

一天,在回公司的路上,一诺和谭晓说:"我的婚期定下来了。"

"啊?什么时候?"

"10月8日,胡老师找人给算的。"

谭晓半天不语,她在心里责怪自己,新的工作牵扯了自己太多的精力,自己还没有来得及和一诺好好谈一谈自己对她婚姻的担心,现在居然要面对他们的婚礼了。

如果能在婚礼前阻止他们当然是再好不过。可是,现在到了需要面对婚礼的阶段,谭晓知道,每往前上一个台阶,掉头

第七章
/伤感的婚礼

的难度都要更大。

看着一诺，谭晓对她说："不管怎么样，我还是要祝福你，到时候我一定送你一个大红包。"不管谭晓心里怎么想，祝福还是要送到的。

一诺知道谭晓不喜欢胡老师，但是一诺觉得世界上能有这样一位知己足矣。

又过了半年，谭晓搬到了离一诺家更近的一栋公寓，近到一诺睡不着，一个电话她5分钟就能跑来的距离。因为新公司业务很忙，再加上要准备一诺婚礼的事，所以每天大家都感到很疲惫。

一诺虽然要结婚了，但是一想到最好的朋友对自己的婚姻并不看好，心里就像压了一块石头。这段时间，她好像患了婚前焦虑症，经常失眠，即便睡前喝点儿红酒，也没有什么帮助。

一天夜里，一诺和往常一样睡不着，索性拿起电话问谭晓睡了没有。

不一会儿，谭晓就拿着一瓶红酒跑过来了。两个人围坐在一起闲谈。

谭晓说："想不起来是谁说的这个观点，但是我认为很有道理，他说，以婚姻对一个人的重要程度而言，婚前的调查了解非常必要，必要到通过国家安全部门帮助调查对方都不为过。因为你托付的是终身而不是一时。"

一诺看着谭晓说:"不反对。我和胡老师彼此都知道各自的过去和现在,而我从小就知道将来我的婚姻要什么。"

"要什么?"谭晓追着问。

"我要的只有善良,这一点我再清楚不过了。"

"你是说他善良?"

"是的。"

"别的呢?"

"别的我都可以忽略不计。"

谭晓想了片刻说:"我懂了。"

谭晓一下子就被一诺的话拉回到了童年,那是一个除夕的夜晚,一诺告诉谭晓,那个发生在大年三十的时刻,如刀砍斧凿般深深地刻在了自己的心灵深处,一生都无法抹去。

除夕之夜,一诺的妈妈躲在娘家不愿意回来和家人吃团圆饭。像往常一样,在饭桌上,只要大姑、二姑和小姑一见面,就拿话来羞辱一诺的妈妈。

妈妈在场的时候,大姑当着一诺的面可以毫不避讳地对妈妈说:"看你干活无精打采的,怎么这两天来大姨妈了?"

妈妈解释说:"是,加上这几天有点儿发烧,在吃药呢。"

二姑插嘴道:"你确定是大姨妈吗?它不会赖着不走要分家产吧!"在场的人都被逗笑了。

一诺的小姑更加尖酸刻薄:"你那地方不都让你自己给查封了吗?怎么让个不三不四的大姨妈溜进来了?"这下子大家笑

第七章
/ 伤感的婚礼

得更厉害了。

即便妈妈不在场,她们也不放过妈妈,而且会更加肆无忌惮。她们在饭桌上,在任何地方都习惯了拿妈妈戏谑调侃:"这娘们儿可走了,她在这儿多晦气。"

"躲到娘家算什么本事,有本事心疼一下自己的老爷们儿。"

"早就没那个功能了。"

说这些话的时候,她们根本不回避一诺,那时一诺12岁了,已经能听懂大人们话里的意思。

一诺从懂事起就觉得这个家根本不是自己的家,倒像是在寄人篱下一样。一诺心里非常难过,有时听到伤心处,就借故上厕所跑到屋外。

大冬天一个人在院子里,一诺很想放声大哭。可又怕被屋里的家人听到,她就克制着不哭出声,眼泪太多了,她就低下头,让眼泪直接从眼睛里掉在地上,这样就不会在脸上留下痕迹。等那个伤心劲儿过了再回到屋里去。

这个办法很受用,在很长一段时间,家里人谁也没有察觉一诺跑到屋外是因为难过。

谭晓特别佩服一诺这一招儿。因为自己试过,也觉得这个办法管用。每次受委屈,可以用这个办法来掩饰自己的伤心,让大人看不出来,让他们觉得伤害不到自己。

长大以后,谭晓才发现不光自己的家境恶劣不堪。原来,一诺的家也好不到哪儿去,人性之恶到哪儿都有。

所以，谭晓理解了一诺所说的善良，那只是相对于人性之恶的一种补偿。

但是，谭晓觉得仅仅依靠善良是难以维持一段婚姻的，更谈不上美好和幸福。

一诺大喜的日子终于到了。被幸福和喜悦包围着的一诺，怎么也不会想到她的大喜之日对谭晓来说，却是一个伤感的日子。

谭晓本来的计划是要在一诺婚礼到来之前，通过自己的说服工作来阻止这场婚礼的举行。至少，把这场婚礼向后拖延一段时间。但是，自己刚刚入职一诺的新公司，又被放在总裁助理的位置，万事开头难，谭晓整天忙得四脚朝天，根本没有精力顾及一诺婚姻的事，所以才让事情发展到今天这一步。

谭晓从心里觉得胡老师是配不上一诺的。配不上还不是最糟糕的事，关键是如果胡老师正式成为一诺的丈夫，一诺本人以及她的整个生活会被他折腾得脱层皮。对于这一点，谭晓有着强烈的直觉。

可是现在，谭晓只能看着婚礼如期举行，尤其是所有的过程都逃不出一切世俗的套路。选个场地，委托一个婚庆公司，请个著名的婚礼主持人，双方亲友团到场，请人编写一篇连自己都不信的煽情告白，在走红毯环节营造伤感的气氛，在告白

第七章
/ 伤感的婚礼

环节煽情骗取来宾的眼泪。最后大吃一顿,狂揽一堆红包,一切结束。

想一想都觉得可怕,人生最重要的婚礼就这样被物质化了,看不出未来的生活有多好,也看不出精神层面有什么期盼。这更加让谭晓伤感,甚至怀疑结婚的意义。

今天胡老师的继父没有来,他的妈妈倒是从四川千里迢迢赶来了。

谭晓当时看着一诺挽着父亲的手,满脸洋溢着幸福的样子走向新郎,在台下的谭晓哭得跟个泪人儿似的。事后,谭晓直接向一诺承认,觉得一诺和着音乐的脚步,有点慷慨就义的味道。可以说,这就是她人生迈出的悲壮一步。

眼看着自己的闺蜜一步步走向婚姻的陷阱,自己竟然无法帮她,谭晓也替自己的软弱悲伤。

谭晓跟一诺坦白说:"整个婚礼,我在别人眼里悲痛得就好像是我的新郎被你抢走了一样。"

但是,不管怎样,一诺的婚礼还是按计划很圆满地举行了。一诺终于完成了自己人生中的一件大事。而谭晓也兑现了诺言,送了一诺一个大红包,这个红包大到让一诺眼泪掉了下来。

一诺清楚,这个红包承载了谭晓多么复杂的对闺蜜的情感啊!

谭晓还是太了解一诺了,在她貌似坚硬外壳的包裹下,是一颗敏感的、容易受伤的心。

转眼已是春天，一诺公司的业务越做越好。

一天下班的时候，一诺特别约了谭晓一起吃饭。在饭桌上，一诺跟谭晓边吃边聊："最近太忙了，我们很久没有一起吃饭了吧？"

"是，你要是不约我，我还想要约你呢。"

"是吗？"一诺随口一说并没有太在意。

"转眼天气都暖和起来了，窗外植物已经全变成绿色的了。"

"最近，我们小区有人出售房子，我觉得你也该离开那个公寓了。你该有一套属于自己的房子了。"一诺认真地说。

谭晓说："知我者一诺！我们想到一块儿去了。你尽快联系一下房东，约个时间我们去看房。"

一诺说："没问题，等我约好了告诉你。"

她们击掌庆祝。

谭晓今天格外高兴，她叫服务员拿来一瓶红酒，一诺诧异："我们要喝酒吗？"

"必须滴！双喜临门必须庆祝。"

"啊！双喜？快说还有哪一喜。"

谭晓淡定地看着服务员开瓶，醒酒，然后给她俩倒上。

谭晓端起酒杯，等着服务员把门关好，然后煞有介事地对一诺说："我要隆重地宣布一个重要消息。"谭晓故意拖一下节奏。

"什么事这么神秘？"一诺着急地看着谭晓。

谭晓看着一诺的眼睛："先喝一口压压惊。"

当一诺把酒抿在嘴里的时候,谭晓郑重宣布:"我有男朋友了。"

这真是一个意外之喜,一诺差点儿没喷出这口酒。

谭晓在这之前一点儿没有向一诺透露过,这对一诺来说太意外了。

"好啊谭晓,竟然对我都保密,但是我祝贺你。"说着端起酒杯和谭晓碰杯祝贺。她们各自喝干了杯中的红酒,谭晓马上为她们斟满。

一诺说:"太好奇了,是谁啊?哪天带过来介绍认识一下。"

"没问题,等我信儿。"

一诺对谭晓的新男友充满好奇,她在想,是一个什么样的男子有幸能吸引住谭晓的眼光?因为谭晓在一诺的眼里是绝对的美人儿,这个男子也一定不同凡响吧。

第八章 艳遇

"你信命吗？"

"不信。"

"那你怎么解释你的真命天子竟然和你相遇在同一列动车上？"

"巧合而已。"

自从一诺知道谭晓有男朋友以后，她的好奇心越来越强，根本等不到周末。

周四的下午，一诺一下班就拉着谭晓一起去吃饭。看着一诺那副八卦的嘴脸，谭晓忍不住对她说："看把你急的，不知道的话，别人还以为我在给你找男人呢！"

一诺边吃边对着谭晓笑："快说说，你们是怎么认识的？"

"我不都说过了嘛,在车上认识的。老有魅力了。"谭晓故意对一诺这么说。

"有照片吗?"

"还真没有,周末不就见到人了吗?"

"没有照片?不会吧,那你说说你们怎么认识的。"

"我告诉他我是从美国回来的,想考察一下国内的民宿市场。"

"假公济私。"一诺立刻指责谭晓。

谭晓说:"我还没仔细跟你汇报呢,他居然有好几个大的民宿项目,这简直就是为咱们准备的菜。他的业务以北京为原点,西至西安,北到咱东北。什么顺义、古北水镇、延庆、白洋淀,还有最近新开发的雄安新区,真是遍地开花。"

"他帅吗?"一诺似乎对外貌以外的都不感兴趣。

"风格不像你啊,别没出息。"

一诺一本正经地说:"你要自爱,警惕对方的美男计。"

"为了公司的利益,我愿意牺牲自己将计就计。"谭晓做出一副大义凛然的样子。

"他叫什么?"

"魏华。"

一诺一副算命先生的架势:"听上去还不错。"

这顿饭,两个人吃得很开心,开心的原因主要是谭晓找到了一个靠谱的白马王子,锦上添花的是,还可能给公司带来新业务，真是一举两得。

俗话说"好事成双"，一诺公司和魏华的合作就这样，因为谭晓的关系而顺利进行着，且到目前为止仍在健康地持续发展。

魏华是个民营老板，在去西安的高铁上，和谭晓偶遇。魏华第一眼就被她的美貌深深地吸引住了，最初还以为坐在自己身旁的，是那个叫黄圣依的电影明星，结果彼此搭讪以后，才知道谭晓不是黄圣依。不过，他很快又惊喜地发现，这个美女竟然就是去西安和自己的公司谈软包工程的，这份机缘对魏华来说简直太惊喜了。魏华觉得冥冥之中，这样的邂逅需要多么大的缘分啊！

谭晓原本是不打算在国内找男朋友的，最初他的计划就是找一个外国男朋友，而且还不能说中文，这就是为了和"那个女人"完全隔绝。在谭晓的计划中，自己未来的生活是崭新的，与她不堪的童年不能有一丝一毫的联系。但是，自己怎么也想不到，美国梦破碎得是那么彻底，被遣返回国后，谭晓打算这辈子不找男朋友，她认为自己的生活可以没有异性介入也足够精彩。

当谭晓意识到自己真的陷入爱情不能自拔的时候，她才明白生活是不能预先设计的。

回顾对自己的生命至关重要的那段旅行，面对坐在自己旁边一表人才的魏华，谭晓觉得这段旅程显得格外短暂。

动车以300公里的时速平稳行驶。

第八章
/ 艳遇

魏华用耳机听着音乐，忽然他转身问谭晓："要听吗？"谭晓马上看出这明显就是搭讪，但是谭晓看着他那张脸，居然点头说："好啊。"

魏华拿下来一只耳机递给谭晓。

这种共同分享一副耳机听音乐的感觉分明就是在确定亲近关系，在消除两个陌生人之间的界限，是男女之间最后的屏障。谭晓非常清楚，但是一一接受了，而且这个动作很快成为他们的纪念动作。

在回程的动车上，他们已经非常习惯这种亲密关系。他们对彼此都充满好感，有共同喜欢的音乐。与其说是魏华被谭晓的美貌所吸引，不如说是谭晓更享受与魏华的亲密关系。

在同一个安静快捷的商务车厢里，他们拉近彼此之间的距离，享受彼此带来的精神欢愉。

对于谭晓来说，这应该算是自己的初恋。

在美国，和韩国老板有一点儿暧昧，但是，在那段感情中，谭晓付出更多的是自己被解救时的感激。除此而外，就是经历与 Tom 先生的惊悚遭遇以及幼年时期对一个中年男人的认知。所以，谭晓基本上对男女之间的快乐是毫无抵抗力的，她甚至短暂忘了自己与家庭决裂时的所有誓言，这就是爱情的魔力。

直到今天，让谭晓觉得好笑的是，原本以为在动车上可能会与一个油腻大叔同行，没想到坐到自己身边的竟然是一个"型男"。

谭晓第一次在魏华这里把"四处游玩"和一个具体的人联系在一起，听他信心满满地说："我决定，要在未来的两年干掉'携程'。" 从那时起，谭晓就敏感地意识到，坐在自己面前的不仅仅是个型男，还是个宝藏男，也许这个人就是公司派自己去西安合作的甲方。

"能打听一下你去西安是做什么项目吗？"魏华的话把谭晓从自己的世界里拉了回来。

"一个软装工程的外包业务，你是哪个圈子的？"

"我们不会是一回事儿吧？"

"请问您是？"

"我是'四处游玩'项目的董事长。"

这下子谭晓惊呆了："这也太巧了，我就是北京企鹅设计公司一诺的助理。"谭晓激动地伸出了手。

那位型男也夸张地做出惊讶状并且握住了谭晓的手："啊！太巧了，是我邀请你们来西安的，不好意思，天底下竟有这样的巧事，太有缘分啦。"

谭晓怎么也没有想到和自己坐在一起的居然是老板魏华！

就这样，谭晓人生的爱情旅途正式开始了。

谭晓自从认识了魏华，觉得无论是性格、品位，还是幽默感都是自己欣赏的，她恨不得天天和他腻在一起。当然，谭晓觉得还要感谢一诺，没有一诺就没有机会认识魏华。所以，在谭晓的心里，一诺是自己和魏华的牵线人。为此，谭晓和魏华商量好，一定是要请自己的红娘吃顿饭。

这才有了周末的这个饭局。

这顿饭自然是魏华包办的，餐厅选在一家豪华的粤菜酒楼。

席间，谭晓和魏华的甜蜜让一旁的一诺都有些羡慕。他们一聊到音乐就情不自禁，视一诺为透明人。

谭晓说："我喜欢邓丽君，因为我就是在邓丽君的靡靡之音中出生和成长的，对我而言已经不是因为她的哪一首歌而喜欢她，而是一种情怀，那是我儿时的记忆，就像一个时期的名片一样。"

魏华说："李健的歌儿也不错。"

谭晓马上喊出声："我也喜欢。李健的歌充满了故事，比如《假如爱有天意》。"

"还有《我始终爱你》，"谭晓又想起来补充道，"还有，还有《但愿人长久》"。

看着他们沉浸在自己爱的漩涡里，忘乎所以，一诺觉得自己实在是多余，她打断他们两个人的谈话说："两位，如果你们再这样忽略我，我就不陪你们吃了。"

直到这时，谭晓才意识到忽略了一诺，她特别不好意思地把一诺挽留下来："姐，我错啦行不？我自罚一杯。"说着干了杯中的酒。

这顿饭三个人吃了很长时间，当一诺从心里祝福谭晓和魏华能够永远幸福的时候，她怎么也想不到这段甜蜜的时光并没有维持多久，他们之间很快就遇到了难以突破的阻碍。

饭局结束后，谭晓和魏华送别了一诺。两个人走在回家的路上，魏华问谭晓："你是哪里人？"

"你是问出生在哪里，还是现在？"

"这……"魏华一时没想清楚怎么回答。

谭晓这样的回答是下意识的，完全没有经过大脑，这是她和这个世界相处的本能反应。

连她自己都觉得这样回答是不礼貌的。

魏华是很有涵养的，他避重就轻地换了个话题："你的专业是学什么的？"

"武汉大学体育专业。"

"原来是武汉人？"

"是去那儿上学。"

"那你的父母在哪里生活？"

"……"

感觉到谭晓的迟疑，魏华觉得自己有一些不礼貌，便不再问了。

其实，谭晓心里觉得是自己有些不礼貌。但是，她该怎样告诉他关于自己那个不堪的家庭呢？尤其是如何介绍弃养自己的父母和自己那些难言的童年遭遇呢？谭晓很清楚这一切都无从开口，她不知道如何解释。但是，谭晓还不清楚的是，自己童年的经历已经深深地影响着她现在的生活，决定了她今天的

第八章 / 艳遇

言谈举止、待人接物，这才是她最大的困惑。

为了不让魏华太尴尬，谭晓还是选择性地回答了关于自己身世的问题："我的父亲在我两岁的时候就离开我和妈妈了，我和母亲住在一起，她已经癌症晚期。"

谭晓竟然不自觉地改编了"那个女人"的健康史。

"哦，抱歉！"两个人暂时无话。

为了活跃气氛，好半天魏华才找到一个话题："我觉得你这个形象应该从事演艺事业，你的模样秒杀那些电影学院毕业的演员！"

谭晓笑了笑，说："我也觉得有点儿浪费。"

他们不知不觉已经到了谭晓居住的小区门口。

关于那天晚上分手的情形，倒是有点儿值得回味。事后，谭晓是这样和一诺叙述的。

"你知道吗？从小到大，我被很多男性抱过，大都是在见面或者分手时。但是，几乎所有的拥抱对我而言都是反感的，你能感觉到男性对你不同的欲望，有的直接，有的试探，性质都是一样的，都想把你给吞下去，只有魏华的拥抱让我彻底投降。"

"是吗，魏华是什么样的拥抱？"

"在小区门口，我们彼此告别，魏华上前轻轻地拥抱了我，是那种礼貌的、有距离感和被尊重的感觉。他只是象征性地抱了我一下，而我如触电一般，这一抱，让我觉得这个男人值得我托付终身。"

一诺完全被谭晓的描述吸引了,她不能想象这是怎样的一种感受。

一诺觉得在这方面,谭晓比自己更加熟悉男人对女人的欲望,从小她就比同龄人更早地熟悉人性中的丑恶,所以她比别人对人性中的善意更加敏感。一旦碰上了,她会毫不犹豫地抓住,这就是一种生存的本能。

"那后来呢?"一诺好奇地问。

"分开后我走向小区的大门,我一边走一边不时回头看他,他就站在车门边上目送着我。我每一次回头,他都站在原地,好像是只有我进了家门他才放心。你能够强烈地感受到一个男人对你的疼爱。"

谭晓的眼神望着远处,似乎在重温那天晚上的分手时刻。

"就在我马上要进入小区大门的时候,我突然觉得必须要做出决定,于是我转身三步并作两步跑到他的面前,在他还没有搞清楚我跑回来要干什么的时候,我就扑在了他的身上,紧紧地抱住他,吻了他。从那一刻起,我知道他已经被我拿下了。"

"天呐!色狼原来是你!"一诺不自觉地发出嫉妒的调侃。

在闺蜜分享自己的甜蜜时生出一些嫉妒,对一诺而言还是头一次。当一诺意识到自己这种内心反应的时候,多少有些不好意思。

此时一诺自己没有想到,谭晓对自己婚姻的预言正在应验。

第八章 / 艳遇

一诺和胡老师的感情在结婚不到一年的时候就已经出现了裂痕。

当谭晓陷入爱情漩涡的时候,一诺却初次尝到了爱情的苦果。

"五一"劳动节的早上,一诺约谭晓到咖啡馆,把自己昨天晚上的经历告诉了谭晓。

"晚上大概12点钟,我听到他的脚步声,就知道至少喝了半斤以上。"

"妈呀!他经常这样吗?"

"差不多。听到他进门后就没动静了,但过会儿忽然听到哭声,我吓了一跳,当时心里'咯噔'一下,怕他闯了什么祸。起身到客厅后,见他就坐在沙发上抱着头。"

谭晓问:"他怎么说?"

"他不说话,我告诉他,即便是闯了祸也不要怕,咱们一起面对。"

谭晓忍不住地说:"就凭这一点,说明心理有问题。"

"他抬起头竟然对我说:'我们离婚吧。'"

听到这儿,谭晓非常气愤了:"他还有脸说出口。"

话止于此,两个人陷入沉默。

当着谭晓的面,一诺感到沮丧,因为自己捍卫婚姻的豪言壮语言犹在耳,这么快就不幸被谭晓言中了。对谭晓来说,这个时候再抱怨一诺当初不听劝,实在是不忍心。一诺现在肯定心里在流着血。所以,两个人都很恼火。

过了一会儿,一诺先笑了,谭晓看着一诺问为什么,一诺说:"当时我看他很难过地在哭,我就劝他说,即便是离婚也用不着哭啊!你要真想离婚,是不是应该和我商量怎么离啊?"

谭晓说:"你有病吧,都啥时候了还惯着他。"

"有些人喝醉了就是不停地哭嘛。"

"胡老师是劈腿了吗?"

一诺接着说:"我不知道,也不想知道。"

"他总得有个说法吧。"

"他不开口只是哭,没办法,我就对他说你看这样行不行?如果你真的一定要离婚,我只能给你一个全款的车、一套房子,这是我能给你的全部了,但是,给你的房子没有买卖权,你看这样行吗?"

谭晓不能相信自己听到的是真实的,一诺怎么能这样没有原则呢?于是迫不及待地问:"为什么不让他净身出户?"

"不能这样,好的时候,财产都在我名下,分手的时候,要给人留条路。"

"那他岂不是乐开了花?"

"他当时就不哭了。"

"我的天,你上当了。"

"但是,到早上我离开家之前,他就再也没跟我提离婚的事。"

"你是想真离婚吗?"

"说实话,如果他执意要离婚,我会成全他。"

通过这件事,让谭晓想了很久,最后谭晓觉得以胡老师的情况来判断,离婚是最终的结局。虽然导致离婚的原因很多,但是,胡老师之所以选择离婚,在于他极度缺乏自我价值的认可,说直白了就是不自信。促使他能够坚持下去的是不断地肯定他,使他不断获得成就感。否则,他就要自我证实,或者出去寻求被肯定。

在谭晓看来,自从一诺选择了胡老师那一刻起,就注定不可避免地要出问题。

谭晓觉得现在正是时候,可以和一诺推心置腹地谈一下。

"其实这件事也不是坏事,现在悬崖勒马还来得及,一旦有了孩子,那就又是另一回事了。"

一诺听了谭晓的话,有些犹豫不决。谭晓似乎看到了一线转机,她趁热打铁对一诺说:"既然今天我们把话说开了,我就索性多说两句。我看得出来,你喜欢的其实不是他的善良,你喜欢的是他的软弱和自卑,这样你才有了安全感,我说得对吗?"

一诺觉得谭晓的话虽然不入耳,但似乎是对的。毕竟他们太熟悉彼此了。

一诺说:"我知道你是为我好,但是你试想一下。当你从小就生活在一个糟糕的环境中，周围的人对你都充满恶意，你在这样的情况下长大，遇到了一个充满善意的人，你觉得会不会接纳他？你一定会不由得对他产生一种感激之情，我知道这种感激会掩盖他很多缺点，但这就是我的局限性，这是性格的缺陷。"

谭晓把刚要说出口的话又咽了回去，她需要思考如何回答。

一诺看着谭晓说："胡老师在两岁的时候爸爸意外过世了。在农村，男孩子不好好读书就不可能改变命运，他成了母亲的全部期待。"

谭晓发现一诺又开始替胡老师辩护了。

"你没有注意到吗？他与人说话的时候总是习惯把右侧向前倾。"

"这倒没注意，为什么？"

"左耳被继父打失聪了。"

谭晓抓住这个话题开始做文章。

"我觉得出轨的原因基本分为三种：第一种是对对方不忠的报复和不甘，这种情况不存在，因为你没有给他任何借口。第二种是想在乏味的生活中寻找新鲜感，你觉得胡老师是这样的吗？"

谭晓看着一诺，见她没有说话就接着说："你刚才说他善良，所以我觉得他也不属于第二种。第三种是一种对自我价值的认可与实现。也就是说，如果他长期对自我不认可，而且在

第八章 / 艳遇

你这里得不到价值实现,他就不可避免地要在外面寻求实现的可能。我觉得胡老师基本属于第三种,这恰好和你所说他的童年经历有关。正如你受到童年生活的影响一样,胡老师同样不可能摆脱在童年被压抑、忽视和虐待的影响,那么问题来了,你能等一个人用漫长的时间来修正自己童年所造成的性格扭曲和缺陷吗?"

一诺的确被谭晓的这一番长篇大论给震惊了。是的,谭晓说的有道理,一诺这次是听进去了。

谭晓看着一诺的样子,顿时又觉得有一种怜香惜玉的感觉。一个人不能童年过得辛苦,长大了还辛苦吧。谭晓觉得自己可以帮助一诺找到自己的生活,那种独立的、不依赖任何人的有幸福感的生活。

但是,在她们这次重要谈话过去一个月后,谭晓听到了一个最不愿意听到的消息:一诺怀孕了。

这绝对是一次计划外的怀孕,这次怀孕激发了一诺身体里母爱的大爆发,她好像换了一个人一样。除了工作以外,剩下的全部精力就是在关注与孕产相关的事情。

对谭晓而言,她意识到自己已经错过了拯救一诺的最佳时机。

一诺的怀孕在她们中间筑起了一道无形中的防火墙。自怀孕以后,她们再也没有谈起过关于一诺婚姻的问题。

第九章 错误的流产

魏华是北京人，从小学习很好，是班上的尖子生。后来考入邮电学院，毕业后与同事创业，先做教育培训，赚到了人生的第一桶金，这多少有一些传奇色彩。

当时，他在北京的温都水城买了房子。结果无意中发现周边一些小产权房大面积空置着，其中有一座四层楼吸引了魏华的注意力，他与朋友商量后决定把它租下来做培训。

魏华天生就有做生意的头脑。他先说服两个朋友每人投入50万，分别占百分之十五的股权，这样他就融资了100万元现金，然后用自己全身心投入做经营占百分之四十的股份，因为没有能力交房租，出让百分之三十的股份拉房东入股。这样，魏华的培训机构正式开张了。那时，正好碰上很多院校都在附近建

第九章
/ 错误的流产

分校区，一时间，回龙观四周艺术类院校鳞次栉比，考前班遍地开花，出租率火爆，第一年魏华就收入1000多万，在第二年同样递增1000万，机构膨胀的速度堪称疯狂，到了第三年，一家上市公司非要用5000万收购他们。

当时魏华都乐蒙了，他不知道为什么这家上市公司这么看重自己的培训机构。虽然魏华当时对未来还有理想，但是看着这么大把的钱摆在眼前，他最终没能抵挡住诱惑，心一横就把培训机构卖给了上市公司，条件是他5年内不能涉足教育行业。为了钱，魏华答应了。

魏华从来没有见过那么多钱，除去朋友应得的那部分，自己手上还有2000多万，这就是他花了仅仅三年时间挣到的第一桶金。

他有半年时间都在感受这2000多万的分量，做梦也没有想过自己能挣这么多钱。

那时候，他只要和朋友聚会，总是在嘲笑收购他公司的人："你说他脑子进了多少水，非要收我的这家公司，5000万收购100万，真不懂他们是怎么想的？"

没多久，魏华就知道了那家收购他的上市公司由于收购了他的培训机构，股票连续三个涨停，创造价值超过10个亿。听到这个消息，魏华笑不出来了。他把自己关在家里禁闭三天，三天以后，他做出了一个重要的决定，进军资本市场。

他开始做调研，联系朋友谈合作，终于在2年后成功注册了自己的吃喝玩乐平台。他把手里的钱以及融资来的钱全都砸在这个平台上，他的势力范围开始扩张，从古北水镇到雄安新区，从旅游餐饮到民宿，一发不可收。

魏华还在十三陵一带买了一片森林，因为全是桃树，他计划打造一个会所，起名叫"桃花源"，会所完全按照国际上的顶尖设计打造，估计总投资要接近1个亿。目前正在寻找合作方谈托管，可以说这是魏华的一个梦想。

魏华非常喜欢谭晓，从第一次见面就注定了两个人的缘分。在魏华眼里，独立的女人才有魅力。所以，魏华首先考虑把他刚接手的后沙峪一个民宿项目交给谭晓管理，因为他知道谭晓喜欢做民宿。后来谭晓才意识到，魏华在为她最终脱离企鹅公司开始铺路了。

谭晓了解了一下，自己接手的这家民宿每年租金80万，大众消费兼高端别墅配套，年收益在百分之三十以上，就连民宿需要的特行证，都是魏华帮自己办好的，他还为这个民宿取了一个名字叫"荷塘"，谭晓从心里无比感激魏华。

谭晓特别喜欢那里的环境。因为在"荷塘"的院子里确实有一片不大的湖，在湖中有一些荷花，这里闹中取静，私密性好，是个理想的周末休假，会议住宿的绝佳地点。为了接手这个民宿，谭晓专门上了一个酒店管理的培训班，拿到了相关资质。

谭晓为了这件事，专门约一诺聊过一次，主要就是谈自己脱离企鹅公司出来单干的事。

第九章
/ 错误的流产

一开始,谭晓还有点儿担心一诺会不高兴,毕竟在自己最艰难的时候,是一诺给了自己生存的机会,当自己有了更好的机会就和老东家谈分手实在是有些张不开口。但是,当谭晓一五一十地向一诺说明之后,一诺由衷地祝贺谭晓。她说:"太好了,没想到你发展得这么快,我没有理由不放你走。"

"啊!你不会是说气话吧?"谭晓都不敢相信这是真的。

"你知道吗?一个女人最有魅力的地方就是她能独立,首先是经济独立。"

"你怎么和魏华说的一样啊!"谭晓惊讶他们俩几乎说的是同一句话。

"这就叫英雄所见略同。"一诺笑了。

此时,谭晓被一诺解开了心结,完全没有了愧疚感。她没发现自己竟然高兴得流眼泪了,她觉得这样的朋友比亲人还亲。

一诺接着说:"其实,你独立做公司可能会让我们的关系更加紧密,我相信最长久的友谊就是能让对方舒服。"

这一天是谭晓回国以后最开心的一天。

不用说,"荷塘"的所有软装全部交给了一诺的企鹅设计公司。从这个时候开始,谭晓离开一诺的公司,开始了真正的自主创业。

尽管谭晓和一诺的公司分开了,但她们的感情比以前更加紧密了。她们一有机会就凑到一起,不是吃饭就是喝咖啡,而且她们的话密到不正常。甚至,在别人眼里已经开始怀疑她们俩是不是同性恋，但是，她们根本没有把这种言论放在眼里。

半年后的某天，谭晓请魏华来自己的新公司做客，享受美食，这是谭晓特意要求约在这里的，因为一方面是感谢魏华，另一方面，公司旁边有家餐厅，他们的饭后甜点是谭晓的最爱，所以她要推荐给魏华。

他们在轻松的气氛下慢慢地品尝着美食，魏华不经意地问道："你好像有段时间没来大姨妈了吧？"

谭晓竟然才想起来："对啊，好像是过了日子了。"谭晓在计算日子的时候，心里有点儿惊讶，因为平时魏华看上去并不关心这些细节，怎么对自己都忽略的大姨妈如此上心？

"你希望我怀上吗？"谭晓看着魏华。

"尽管不在计划中，但是我喜欢孩子。"魏华回答的时候眼睛闪过喜悦的光。

谭晓问："你喜欢男孩还是女孩？"

魏华稍微思考了一下说："我都会喜欢。"

谭晓在思考为什么回答这个问题还要思考一下呢？的确，魏华刚才似乎是有点儿犹豫。

谭晓想起来，魏华和自己亲热的时候，总是爱问自己是否在安全期，想必他一定是害怕怀孕的。

这次见面，关于大姨妈的讨论不了了之。

不过，谭晓最终确认自己怀孕了。她想了很久决定不告诉

第九章
/ 错误的流产

魏华。这可能是她这辈子做出的最后悔的一件事。

接下来，魏华要到三亚出差一周，谭晓想正好约一诺出来聊聊自己现在的状况，同时可以帮自己出出主意。

"啊！真的吗？那太好了，祝贺你们！"

不等谭晓解释，一诺就把自己杯子里的酒一口干掉了，接着她又给自己倒了半杯，说："如果是个女孩，那就是个祸害。"

"为什么呀？"

"因为漂亮啊，你看看你们两个人的相貌，那要是生个女孩绝对是一个美女，得有多少好男儿要惨遭你家闺女的毒手。"

"那要是个男孩呢？"

"那不知道有多少女孩遭殃啊。"说完，一诺不怀好意地笑了。

一诺看谭晓心事重重，就问她："你今天是怎么啦？"

"我不想要这个孩子。"谭晓脸色有点儿沉重。

一诺惊讶地看着谭晓："为什么？"

"你们出问题了？"一诺担心地看着她。

"那倒没有，我俩感情挺好的。"

"那你为什么不想要孩子？"

"我觉得因为我们的感情挺好的，反倒不想让怀孕这件事来绑架我们之间的关系，这会让关系变得复杂。"

"我没听懂,你担心魏华不想要孩子吗?"

"你应该能理解,现在很多女孩子用怀孕迫使男方就范。"

"但是你还是不确定他想不想要孩子?"

"他想不想要我也说不准。"

一诺觉得情况被谭晓想复杂了。人与人之间最重要的就是沟通,为什么要猜呢?事后证实,一诺的考虑是对的。如果谭晓早一点儿知道魏华喜欢孩子,那就不会有后来跌宕起伏的故事了。但是,谁又能让自己的想法不带有自己生活的烙印呢?一诺自己也做不到。这可能就是生活的无奈,明明知道却回避不了。

"那你自己到底是怎么想的?"一诺问谭晓。

"我不想因为怀孕让魏华对我的感情变得被动。"觉得意思不够准确,谭晓又纠正了一遍:"我是不想用怀孕绑架我们的感情。"

以谭晓对男人的经验,她意识到魏华是个敏感的人,并且据她自己的判断,孩子会给魏华造成压力。目前魏华的心思全扑在了事业上,还没有做好走进婚姻、成立家庭的准备。所以,她决定不把怀孕的事情告诉魏华。

谭晓的想法把一诺说服了。看上去谭晓会站在魏华的角度看问题,这让一诺挺感动的,觉得在这件事上自己应该向谭晓学习。

可是,这两个闺蜜怎么也想不到,现实中,她们的选择竟

第九章
/ 错误的流产

然错得那么彻底。

一晃又是一周,因为拖一天胎儿就长大一天,做人流还是越早越好,这是医生说的。这时,谭晓已经在心里做出了决定。谭晓没有意识到,她丧失了和魏华沟通的最后一次机会。

第二天一大早,谭晓独自来到一家三甲医院的妇产科,用了不到 20 分钟就把肚子里的孩子给做了。谭晓对谁也没有说起过当天早上的事。

当谭晓一个人走出医院大门的时候,虽然太阳高照,但谭晓还是感到了彻骨的寒意,她回到家的第一件事就是把门关上,自己躲到卫生间里,把去医院的那身衣服全部脱掉。她站在花洒下面,抬着头迎着从头顶上掉落的水滴,任凭眼泪混合着水滴不断地冲刷着自己的脸,谭晓没有想到的是,自己没有因为放弃怀孕而感到解脱,相反,她感到了从未有过的复杂……

她不愿意在这种时候让人安慰,尤其是不愿意让魏华来安慰,她需要自己内心强大起来,需要自我安慰。所以,她给自己安排了一个小假期,她关掉手机孤身一人来到丽江放空自己。

在丽江,谭晓每天除了阳光,剩下的就是孤独。而此时在三亚的魏华却急坏了,因为谭晓突然失联,情急之下魏华找到了一诺,但是一诺也说不出谭晓的下落。

魏华在三亚如同丢了魂,最后勉强和客户谈好合作便失魂落魄地飞回北京。一进门,他看见谭晓坐在沙发上喝茶,魏华的火一下子就冲到了喉咙口。但是他忍住了,他说服自己无论遇到什么事情也不能任性。谭晓一个人平白无故玩消失肯定是有原因的。

魏华很有耐心地在等着谭晓给自己一个解释。

夜深人静的时候,魏华终于从谭晓嘴里听到她去做人流的经过以及谭晓这样做的原因。尤其是听到谭晓说,这一切都是为自己考虑才做出如此选择,魏华心都凉了。他暗自感叹:"天呐!你谭晓为什么不和我商量一下呢?难道你不知道我是多么喜欢孩子、多么想要孩子吗?"

谭晓怎么也想不到,自己的独断专行给魏华的心里深深地刻上了一道看不见的伤痕。

在这件事情上,魏华嘴上从没有抱怨过,但是他和谭晓都为这个没能来到世上的孩子流过很多眼泪。每当魏华一个人静下来,他的心里还是有一丝抱怨,觉得谭晓不该这么绝情地把孩子打掉,这本应该是两个人的事情。

从流产事件以后,谭晓发现自己所有的事情魏华都无条件地给予支持。

一天夜里,谭晓枕着魏华的胳膊说:"我找了一个大师,大师说我做了人流相当于杀害了一条生命,这种孽缘是很难消除的。"

"有什么破解的办法吗?" 魏华问。

谭晓说:"必须做二十一天的法事,才有可能获得新生……"

第九章
/ 错误的流产

魏华是最不信什么算命那一套的，这要是放在平时，他早就表现出不屑了。但是眼下，魏华完全赞同谭晓的安排，每天车接车送，要去哪里就送哪里，需要什么就买什么，这一切足以证明魏华是多么心疼谭晓了。大概过了一个多月，他们的日子逐渐恢复平静，就像什么也没有发生过一样。

但是，若干年以后，当谭晓发现魏华和小三怀上孩子的那一刻起，她才意识到自己当时把孩子做掉是多么大的一个错误，那是她和魏华唯一的一次拥有孩子的机会。因为，在以后的日子里，她和魏华再也没有成功地怀孕过。

也许这就是魏华心中永远的痛，尽管他们付出了很多努力，尽管他们曾一起联手抗拒小三，但是，命运就像一个魔咒，任你百般抵抗终究无法逃脱。

第十章 家家有本难念的经

一诺生了一个女儿。是一诺自己为孩子起的名字，小名叫"点点"，大名叫"真真"。因为在一诺看来，孩子的名字起得越是随意，孩子越好养，不像是自己的父母，因为在自己出生的那一年，全国女性新生儿使用最多的10个名字中，排名第一的就叫"一诺"，所以父母就赶时髦给自己起了个赶时髦的名字。

用一诺的话来讲，自己是在妇产医院度过了人生中最黑暗的时刻。由于身体的原因，一诺差一点儿就死在了医院。现在回想起来依然惊心动魄。

不管怎么说，女儿的诞生给全家人都带来了欢乐，除了一诺。因为，一诺在生完孩子以后，就被严重的产后抑郁症所困扰。

"你愿意的话，我把点点过继给你吧。"

第十章
/家家有本难念的经

"开什么玩笑，要不了3天你就会后悔的。"

这就是谭晓在一诺生产后，她们第一次见面时的对话。

谭晓觉得造成这一切的原因很简单，就是产后抑郁症。

一诺对生活彻底无望，她沦为一个奶妈，一个养育女儿的机器，她被迫告别了自己喜爱的工作。

一诺以自己的切肤之痛告诉谭晓："知道吗？当孩子出生的时候，你才会发现你以前的生活一去不复返了。"

"不会的，这都是暂时的。"谭晓安慰道。

好在，一诺的抑郁症没有持续太久，大约过了大半年时间，就恢复正常了。

自从有了点点，一诺发现自己发生了很多变化。原来从小熟悉的"成功模式"现在放弃了。究其原因就是两个字：害怕。以前只要遇到不公，甚至看见别人遭遇不公，一诺都会毫不犹豫地出手相助，可是现在，一诺变了，变得连她自己都不认识。

一诺的兴趣全都放在与孩子有关的事情上，比如幼儿教育、学前班、学区房。说到学区房，一诺看中了顺义的一所贵族学校，经过考察，觉得这所学校非常好，为了今后点点能够上学方便，一诺决定在学校附近新开盘的商住两用楼买一套两居室。

周末的下午，一诺特地把谭晓约出来，两个人先在小镇的"北平咖啡"喝了咖啡。然后仔细地转了转这个小镇，两个人都喜欢上了这里的环境。

这个小镇同一般的房地产项目不同，最大的特点不是在房子，而是在环境，房子坐落在方圆 4.5 平方公里的商业圈中，这里有商店、餐馆、影院、药店、超市……而且离机场很近，总之应有尽有，整个商业区就是小区。每到周末，这里非常热闹，连停车都很困难。

实地考察后，两个人一拍即合，决定在那里各自买一套公寓，她们频繁地跑售楼处，通过朋友了解房价。最终，两个人选在 11 号楼里买下了同一层的两套公寓，从此做起了邻居。

她们买的房子户型是专门为上班族打造的，面积不大，装修考究典雅，可以拎包入住。

入住后，她们不约而同地感叹这房子买值了，很少有房子能让她们越住越喜欢的。

为了帮忙照顾孩子，一诺和胡老师都分别和自己的父母打了招呼。首先，一诺的父母来不了，原因是父亲家里亲戚多，老年有所依靠，母亲也由于身体原因不愿意离开故土。

胡老师的母亲倒是愿意来帮着带孩子，而且他的继父也很支持，表示尽管家里有农活需要打理，但是，孙子的事要摆在第一位。最后，一诺和胡老师决定，把胡老师的父母接到北京，并且为他们在隔壁小区租了一套两居室的房子。

胡老师的父母都是四川人，其实不愿意离开故土到北方生活，首先不习惯饮食，对四川人而言，北京的饮食简直和家乡

第十章
/家家有本难念的经

不能比。如果不是自己的孙女需要照看，谁还会来遭这份罪？

但是胡老师心里清楚，他们之所以这么积极前来帮忙，是因为年纪都大了，希望修复与胡老师的关系。人只有上了岁数，才会对自己的养老有一种不安感。尤其是继父，在他与胡老师的关系上多多少少还是有点儿愧疚感的。不为别的，就因为他给胡老师的左耳造成了终身的残疾。

尽管胡老师在幼年时期对继父怀有深仇大恨，但是他怎么也没有想到，在他少年打工的时候，居然被继父的两元钱感动了，以至于所有嫌隙土崩瓦解，瞬间化干戈为玉帛。从此，他在心里接受了这个继父，觉得他还是把自己当儿子看的。

一诺背着所有人找一位高人算命，这件事她对自己最好的朋友谭晓都没有提过。

一诺是通过朋友介绍找到这位高人的，听朋友说这个人太神了。他就住在雍和宫大街上官书院胡同的一个杂院内。高人把一诺引进自家的客厅，给一诺倒了杯水："你先坐一下，我换件衣服。"

一诺纳闷："算命要换工作服吗？"

不一会儿，高人一身白大褂，像是医生给病人看病一样坐在一诺对面，一诺简明扼要地说明来意："师傅，今天我不求别的，只求我先生的运势。"

一诺通报了两个人的生辰八字之后，高人开始翻阅一本黄历,足足有 15 分钟。其间,他一会儿掐指算,一会儿看罗盘,最后她告诉一诺:"你的左眉中藏有一颗痣?"

一诺也不清楚,从高人手里接过一个小镜子对着自己的眉毛仔细查看,发现竟然是真的。

"你命中克夫,所以,从你和他成为夫妻的那一天起,他就一天不如一天,最后在你们的生活中,他只能吃软饭。"

一诺被镇住了:"她竟然能算出我眉毛里藏着一颗痣,神呐!"

从高人家里出来,一诺深信不疑,因为自己的左眉毛中的确藏着一颗痣,以前自己从没有注意过。

自从一诺和胡老师结婚之后,他在工作上就事事不顺,最后竟然在不到两年的时间里,彻底丢了工作。虽然经过多次努力,但是仍然没有找到合适的工作。于是,天天赋闲在家,一诺不愿意看着他一天天颓废下去,心里十分焦急。

每天他像没了魂儿一样赖在床上,早上起来把孩子和一诺的早饭做好,一诺前脚一出门,后脚他就躺回到床上看电视到中午,这样的日子从冬天持续到春天,从楼门口的树叶日渐脱落掉光,再到干枯的树枝上冒出新的嫩芽,再眼睁睁地看着嫩芽长成深绿色的树叶。尽管这样,一诺都没有发过火,原因很简单,为了女儿,也为了一个男人的尊严。

走在回家的路上,一诺心中充满愧疚。原来,胡老师这么不如意,竟然和自己有关。她从心里不愿意接受那两个字"克夫",

第十章
/ 家家有本难念的经

但是，事实是这样的。

这件事一诺把它深深地埋藏在心里，就像是自己有一段羞于见人的历史一样。她从没有向任何人提起过这次算命，这件事竟然成了压在一诺心头的一块石头，随着时间的推移，这块石头越来越沉重。

一天下午，胡老师的同学来北京出差，一诺拿出 2000 元钱塞到他的手上说："你难得和同学出去聚聚，好好玩玩吧。"

一诺觉得胡老师应该多出去和朋友聊聊天，换一下心情，所以还主动为他准备好零花钱。但是，一诺没有想到，这个小细节恰好刺痛了胡老师长时间压抑的内心。虽然是胡老师请同学吃饭，但是一诺给的这 2000 元钱，无时无刻不在提醒胡老师：你连 2000 元钱都需要和妻子要。可见他对一诺的依赖已经严重到什么程度。

无论是一诺还是胡老师，他们谁都没有想到这次吃饭所引起的变故，对这个家庭产生的巨大冲击。

当一诺事后告诉谭晓："胡老师出轨了。"

谭晓的第一反应是："从我第一眼看到他，就知道会有这一天。"

谭晓因为一诺有了点点，本不打算和一诺谈胡老师的不是。事到如今，谭晓觉得还是要告诉一诺，这样是不行的。

"我觉得一个人的前史决定了他的未来行为，从本质上是改不了的。"谭晓语重心长地对一诺说。

但是一诺把这一切和自己那颗藏在眉毛里的痣联系起来，对谭晓说："是他主动跟我说的，所以我想再给他一次机会。"

"你总是这样容忍他，会误导他的，你知道吗？"谭晓有点儿着急。

"我容忍他，是因为我能看到他出轨背后的原因。"一诺对谭晓解释道。

"大姐！我不管是什么原因，只要是出轨，一概打出去。"谭晓很少这样用"大姐"来称呼一诺，意思是"别犯傻了"。

不管谭晓和一诺的观点有多大不同，一诺只要一遇到苦闷，就会找到谭晓，向她倾诉。而一诺的每一次遭遇都会激起谭晓的愤怒。但最后总是反过来，由一诺来安抚劝解谭晓，好像这事与自己无关，倒是谭晓的男朋友出轨了一样。

一诺和胡老师的关系的确走到了比较脆弱的阶段，彼此的信任度几乎降为零。在这种情况下，即便是一诺对胡老师的包容源自自己内心的愧疚，但是人的忍耐是有限度的，一诺虽然包容，但是被惹急后也是一头狼。

有一次，点点的家庭作业是需要父母和孩子一起做实践，一诺敲开紧闭的卧室的门，告诉他："你停一会儿，我们一起帮助点点完成家庭作业。"

"你自己帮她就得了，我现在没空儿。"

一诺知道他和电话那头一个姓陈的女朋友，已经通话半个多小时了。

第十章
/ 家家有本难念的经

"我不想让我们的关系影响到孩子,再说,做完作业她要赶快上床睡觉,明天还要起早呢。"

胡老师不耐烦地说:"我说过了,你自己弄不就得了。"

一诺被彻底激怒了,当时,一诺手中正拿着一个茶壶,原本是给在客厅看电视的公公婆婆倒茶来的。盛怒之下,一诺把手中的茶壶狠狠地摔在了地上,"砰"的一声巨响,两位老人一下子就从沙发上弹了起来,他们被吓坏了。此时,只见胡老师一下子从床上跳起来,他扔下电话冲到客厅,眼看大战一触即发。

此时,一诺浑身的热血已经冲上头顶,她径直来到厨房,一把抓住放在刀架上的刀柄,胡老师紧随在她后面也冲进了厨房,一诺面对冲到她面前的胡老师冷静得可怕,她一字一句地对他说:"如果你不能在点点7岁前维持一个完整的家,那我会让这屋里所有的人付出代价,我说到做到。"

他愣住了。婆婆这时跑进厨房,她一下子拖住自己的儿子喊道:"你居然还想要打女人吗?"一边骂一边拉地就把儿子推出了厨房。

那天晚上,这场即将爆发的战争就这样偃旗息鼓了。

事后,一诺和他做了一次深入的谈话。一诺表明了自己的立场:"我希望我们不管过得好与不好,哪怕是我们装,都要在点点7岁前,让他觉得有爸爸妈妈,和其他小朋友一样。你能接受吗?"

"能接受。"他低着头弱弱地说。

"今后，你跟谁暧昧都与我无关，但是你必须在孩子面前维持一个良好的家庭形象。"

一诺看书上说对孩子影响最大的阶段是在7岁前，所以，点点的7岁也是一诺为他们的婚姻划定的一个时间节点。

即便是这样，一诺和胡老师的婚姻也没能熬到点点7岁。不管一诺是多么不情愿在点点不到7岁的时候，结束自己的婚姻，但是，生活就是这样无情，它不受人的主观意志所影响，总是按照自己的规律在发展。所以，一诺最终不得不在点点6岁的时候和胡老师办理了离婚手续。

令人惊讶的是，他们的这次离婚竟然还不到24小时就复婚了。这全要归功于他们的女儿点点，直到今天，一诺也没有搞清楚点点当时是凭什么直觉、靠什么力量来扭转父母的这次离婚的。

第十一章 人生的信念

自从谭晓打掉孩子以后,魏华和谭晓再也没有提到过结婚的事。毫无疑问,这件事深深地伤害到了两个人的关系,他们彼此都感受到了对方的疏远和陌生。为此,魏华还是觉得有必要坐在一起把事情说开比较好,他希望通过沟通打开彼此的心结。

周末的下午,在一个五星级酒店的西餐厅,谭晓和魏华的酒杯轻轻地碰在一起,"祝贺你的'荷塘'在北京开了第二家分店。"魏华由衷地夸奖谭晓。

"这首先要感谢你的支持,你的'桃花源'怎么样了?"

"在谈,如果解决了客源问题,那'桃花源'一定会产生连锁反应。"

谭晓一下子找不到话题,有些尴尬。

魏华看出了谭晓的顾虑，他拿出了一个礼盒，轻轻放在桌上。谭晓用询问的目光看着魏华："给我的？"

"打开看看。"魏华用柔和的目光看着谭晓。

谭晓打开礼盒，当她看到里面的东西，眼睛一下子模糊了。原来，盒子里是一套精致的婴儿套装，颜色和款式都非常漂亮。

魏华说："这个礼盒是我早就准备好的，但是，当你告诉我打掉孩子的事情后，我就不知道该怎么处理它了。"

谭晓抬起眼睛看着魏华，可以看见她的眼泪在眼眶里打转。

魏华继续说："虽然现在用不上了，但是我还是觉得应该送给你做个纪念。"

"谢谢，我会留下你的这个礼物。"说着，谭晓用纸巾擦拭了一下眼泪。

"我现在也十分后悔，当初，我自以为打掉孩子是为了不让你有压力，这样才不会影响我们之间的感情。"谭晓说着又抽泣起来。

魏华递过去纸巾，他叹了口气说："看来我们缺少沟通，也不了解对方。我们都以为在为对方考虑。"

谭晓点点头。

谭晓说："其实，我一直在你面前隐瞒着自己的家庭，我不愿意让你知道我是生长在一个怎样恶劣的家庭环境中，你也许已经感觉到了我的谎言，这些谎言让我自己都觉得很累。"

魏华点点头："是的，我理解，但是你完全可以和我说说，

第十一章
/人生的信念

不要什么事情都自己扛。"

魏华的这番话似乎触到了谭晓的痛点，谭晓一下子眼泪如注，泣不成声。

最后，谭晓还是把自己的身世向魏华和盘托出，毕竟这是自己希望要共同生活一辈子的人。

尽管魏华凭着和谭晓的相处能猜到八九分，但是，从谭晓嘴里听到的她的童年经历还是让魏华非常震惊。

谭晓从2岁开始被法院判给爸爸，每个周末回妈妈那里住一天。每次从妈妈那里回爸爸家的时候，都会从妈妈那里带回一个信封，这是法院判妈妈给爸爸的抚养费每月188元。但是，直到多年以后谭晓才知道，她每次带回去的信封里并没有钱，只有一张信纸，上面写满了恶毒的侮辱性的句子，辱骂当时爸爸的女朋友，谭晓这才知道为什么自己当时的日子那么难过，甚至就不是人过的生活。

"更有甚者，每次周末结束,我都要被那个女人(我妈)问话："告诉我，他们两个晚上是睡在一起吗？"

"你那时候多大？"魏华实在不理解这个母亲的心理是怎样的扭曲。

"我那个时候刚上幼儿园大班，也就不到5岁。"

"太小了，你妈妈怎么能这样对你！"魏华惊呆了。

"有一次在周末就要结束的时候，妈妈问我，你爸爸和那个女人晚上叫不叫？我根本听不懂妈妈说的是什么，我看着妈妈，她又重复了一遍：你爸晚上和那个女人睡觉的时候，那个女人叫不叫？一个晚上叫几次？看到我还是不懂，她竟然学着叫床的声音给我听。"

"简直是变态！"魏华觉得谭晓的妈妈心理绝对是病态的。

"那个女人最后说：你给我听好了，以后在你爸那边住，你要仔细听一下你爸和那个女人晚上叫不叫、叫几次，记住没有？虽然我懵懵懂懂，但是看着她凶恶的眼神，我只能点点头。"

魏华终于明白了谭晓的家庭对谭晓意味着什么！苦难的生活让谭晓早早就熟悉了丛林生存法则，尤其是在一个孩子的童年时期，过去的生活会给她的未来造成不可逆的恶性影响。

这一晚，谭晓躺在魏华的怀里，心里安静极了。也许是把心中压抑很久的事情全部倾诉出来的缘故，谭晓知道自己遇到了值得钟爱一生的真命天子，她有了一种安全感。从今天起，她要好好珍惜倍加爱护他们的这段感情，因为美好的爱情对她来说太珍贵了、太奢侈了。

谭晓情不自禁地把手和魏华的手拉在一起，这时她有了一种冲动。她把魏华的手轻轻往下拉，一直拉到了自己的腰部，她想让魏华去触摸自己的隐私部位。

魏华下意识地把手缩了回来，一方面是有点儿没有思想准备，另一方面是他的直觉，他觉得谭晓这一举动不在常理之中。

但是对谭晓来说，这是一种奉献，是对自己爱着的人的一

第十一章
/ 人生的信念

种信任。而魏华的反应让谭晓产生一种失落感，甚至是一种被嫌弃的感觉。

谭晓很早就懂得了男女之事，尤其是当妈妈的男朋友把手伸到了她的隐私部位那一刻。唯一困扰谭晓的是：自己的妈妈怎么能在女儿被骚扰后那样对待自己的女儿？这个疑问伴随着谭晓一天天长大，一直得不到答案。

记得那是谭晓即将去武汉读书之前，妈妈带着谭晓逛商场，看上去妈妈的心情不错，于是谭晓小心翼翼地对妈妈说：

"我能问个问题吗？"

"你问。"

"我都13岁了，你为什么还要我和你们一起睡呢？"

"那不是因为家里只有一张床吗！"

"可是你相不相信我说的话？"

"哪一句？"

"你不在家的时候，他趁我睡着把手摸到了我这里。"谭晓说着用手示意了一下。

妈妈沉默了许久。她的右侧是商场五楼的围栏，背景是顶天立地的玻璃幕，一眼可以从五层看到一层的商场入口处，只见她抬起手，把自己随身的小包打开，把里面的东西直接越过五层一米高的围栏全部倾倒下去。谭晓当时吓坏了，她急忙上前，向下看看有没有砸到别人的身上。更令人瞠目结舌的是，此时她的妈妈居然脱掉了裤子，赤身躺在了地上，引来许多人围观……

谭晓先跑到楼下把散落一地的东西捡起来放进包里，然后再回到楼上，顾不得围观的人越来越多，她蹲在妈妈的身边，小声地说："好啦，你已经让我丢人了，我们回家吧。"

那时候的谭晓只有 13 岁。

谭晓替她穿好裤子，整理好衣服，两个人在众目睽睽之下离开了购物商城。

现在，每当谭晓想到这个场景，都百思不得其解，她到底是个什么样的人呢？小的时候，谭晓不理解大人的事，但是现在自己长大了，她还是不能理解"那个女人"的所作所为。

谭晓甚至怀疑自己是不是她亲生的。

今天，谭晓在魏华面前彻底释放了自己多年来压在心里的情绪，这是谭晓长到这么大，第一次把自己的压抑全部释放出来。

看着谭晓熟睡的脸，魏华不由得悲从心生。他深深为谭晓可惜，谭晓虽然父母健在，但是和孤儿没有什么不同，弃养、虐待以及性骚扰，她全都承受了。

这样奇葩的人生遭遇，竟然活生生地发生在自己的身边，魏华觉得此时的谭晓是最需要心疼的人、最需要安慰的人。想到这里，魏华觉得自己有责任、有义务来给谭晓更多的关爱。

谭晓在迷迷糊糊中觉得有人在轻轻地推自己。她睁开眼，刚才睡得很沉，睡了多久都不知道，但一醒来却感觉活力满满。

看着站在自己眼前的魏华，她问道："我刚才睡着了？"

第十一章
/ 人生的信念

"你睡得很香。"魏华看着谭晓。

"你这么站着干什么？"谭晓带着疑问看着魏华。

"我要送你一个礼物，给你一个惊喜。"

"是什么？"谭晓有些意外。

魏华从口袋里掏出一个盒子，谭晓马上就意识到这是一枚订婚戒指，魏华正式地向谭晓求婚了。

"谭晓，我希望你能嫁给我，我会余生都陪你度过，一直到老。"

此刻，谭晓完全清醒了，她被感动了，眼泪不由自主地掉下来，毕竟魏华是真爱谭晓的，不管谭晓的家庭情况是怎样，都不妨碍魏华对谭晓的爱。

他们的婚礼定在2013年5月，在他们的婚宴上，魏华的七大姑八大姨悉数到齐，再加上他各界的亲朋好友，场面非常热闹。与之形成鲜明对比的是新娘谭晓这边，竟然一个亲属也没有，仅有的六个伴娘还是魏华给安排的。

经过化妆师的精心打扮，谭晓是婚礼上最耀眼的。无论从气质还是脸形、身材，都具备了一个明星所有的优点。婚礼后还真有投资人前来联系魏华，看看新娘是否有意往演艺圈发展，但都被魏华拒绝了。

婚宴的气氛很快就达到了高潮，宾主频频举杯，大家欢聚一堂。而此时谭晓除了在魏华的带领下挨个儿给亲朋好友敬酒、敬烟，还因为魏华特意省略了拜见父母的环节，让谭晓又感动了一把。因为魏华怕这个环节让谭晓难过，就事先做通了父母的工作，在婚宴前，两位新人先拜过公公婆婆了。

魏华考虑到婚宴过程中谭晓的辛苦，特意在酒店订了婚房。当谭晓已经离开婚礼现场，独自在婚房里休息的时候，魏华还在婚宴上招待着来宾和朋友。

摆脱了喧嚣的噪音，谭晓静静地坐在床上，她看着窗外，偶尔有几只鸽子追逐飞过，他感慨时光如梭。一转眼，以前的日子已经那样遥远……

谭晓的性格比较刚烈，爱憎分明。这和她自己的生长环境有关，13岁的时候，谭晓终于有机会可以离开家去武汉读书了。

从谭晓离开家的这一天起，她就在心里做好了一个长远计划，就像电影《肖申克的救赎》一样，谭晓给自己的计划就是永远也不回到"那个女人"身边，从此和这个家一别两宽。

和主人公安迪一样，谭晓从一开始就计划好了"越狱"的详细步骤。

练武术对于谭晓是陌生的，但是从今天看，这又是一件幸运的事。任何一个人在经历过这样不堪的家庭遭遇之后，都是很难疗愈伤口的。所以，很多人需要用自己的一生来疗愈童年的创伤。

第十一章
/ 人生的信念

但是谭晓的情况似乎没那么糟糕，在她 10 年体育训练的岁月里，经历了生理的、心理的极限挑战。在学校，谭晓学会独立解决一切问题，甚至为了锻炼自己的独立性，她遇事坚决不求人，哪怕舍近求远，也要自己解决问题。

谭晓曾经和魏华说，自己受益最大的就是体校的这段生活，这段独立生活让自己有了知难而上的毅力，也逐渐形成了良好的生活习惯。谭晓说："因为学习武术让自己的人生发生了彻底的改变，让自己变成了一个坚强的人。"

谭晓非常清晰地意识到自己是一个没有家的人，她要在今后的日子里，为自己寻找一个家。所以，她对于一切与家有关的元素都异常敏感。

谭晓希望自己成家以后离"那个女人"越远越好。至于多远才算远呢？她自己曾经思考过这个问题，最后谭晓觉得在中国境内，即便是到了漠河或者到了西藏，那都不能算远，只有出国才够远。因为这不仅仅是一个空间距离的问题，海关才能有效地阻断"那个女人"和自己的一切联系，出国才是脱离"那个女人"最有效的方式。所以，对谭晓来说，学习英语比其他任何文化课都重要。

为了实现自己的目标，谭晓列出了自己需要迅速具备的几项技能：

1. 一门外语（选定主攻英语）。

2. 钱（谭晓需要有独立的经济能力）。

3. 尽可能多地认识外国人（一切为出国制造机会，同时需要储备有效的条件为留学做准备）。

当谭晓和一诺再一次重逢在北京的时候，一诺曾经问过谭晓："如果有一天你的妈妈，哦，是'那个女人'身患绝症，她躺在 ICU 里，你会回去看她一眼吗？"

"当'那个女人'下葬的时候，我想我会回去送葬的。"谭晓在回答这句话的时候没有丝毫迟疑，非常果断和决绝。

13 岁的谭晓暗自下定决心，一定要找个外国人做男朋友，因为一个不了解自己家庭背景的人更让人有安全感，这样就不用担心"那个女人"会介入自己的生活，也不会让自己的小家庭受到这个糟糕家庭的影响。

对别的孩子来说，寄宿学校的生活是艰苦的，但是对谭晓来说，那里简直是一个乐园，谭晓自从来到这里就没有想过家。

在所有基础文化课以外，谭晓的专业课就是中国武术，每天都要练到筋疲力尽，可是这一切对谭晓来说是惬意的。

除了练武，她十分清楚外语的重要性，所以谭晓学习外语就像是上了发条的机器，她在英语上花费的功夫是其他同学的十几倍。所以她 3 个月就可以简单会话了，仅仅 6 个月，谭晓就可以到学校的留学生宿舍找外国同学交流了。突破了这一层，谭晓的英语更是突飞猛进，一天一个样，以至于同寝室的同学都不太理解，为什么谭晓能如此疯狂地学外语？

第十一章
/ 人生的信念

同样，这种疯狂给谭晓也带来了巨大的收获。

上寄宿学校的第一年，"那个女人"每个月还会给谭晓500元钱，这包含了学费和生活开支。但在当时的社会，这是远远不够的，同寝室的大部分同学至少每个月有1000元，还有一些同学的家里有钱，每个月能拿到几千元。不过，这一切对谭晓而言都不算什么，因为对她来说，离开"那个女人"才是最重要的。

第一学年，谭晓就是这样在艰难中度过了。到了第二学年，她已经熟悉了学校生活，对所有的课程都能够应对自如，于是开始有精力外出打工。遇到假期，其他同学都欢天喜地回家了。这正是谭晓外出挣钱的时候，她去武校代课，舞狮、武术表演什么都做，就连过年期间都自己联系去广州、汕头一带走穴挣钱，一天100元，如果包吃住10天可拿1500元，很快，谭晓成了同寝室里最有钱的人。

在高中时期，谭晓还做了一件有争议的事。她办了一个专门招收老外学生免费学习武术的俱乐部，全校师生都用异样的眼光看着谭晓，他们不理解谭晓图什么。在各种猜测当中，认为谭晓就是想通过俱乐部找个老外男朋友这种说法最具代表性，而谭晓根本不把这些放在心里。她清楚地知道，自己要出国，俱乐部可以为出国搭一座桥，哪怕只有一线希望也不放过。

俗话说：无心插柳柳成荫。谭晓的这个老外武术俱乐部居然还在当地办出了名。

为了扩大生源，谭晓给当地的报社打了一个电话，问他们有没有兴趣来报道一下自己办的这个老外武术俱乐部。

报社的办事效率很高，当谭晓在街头买到那份报纸，看到报纸上整版报道了自己的俱乐部，她的眼泪夺眶而出。但这仅仅是个开始，紧接着地方台也报道了，他们认为谭晓办的这个俱乐部很有特点，可以把中国传统武术推广到国外，弘扬中国传统文化。

就连老外也一传十，十传百，后来被很多外国人挂在了国外的网站上。很多外国人一到武汉，马上就来找谭晓报名。

谭晓办这个俱乐部并不为挣钱。练习英语的同时，她在等待一个机会。不久后，机会来了。谭晓收到了美国五角大楼给她发来的Email，希望她能够到美国去工作。所以，谭晓又一次以为厄运已经到头，好日子就要开始了。

毕业前那一年，谭晓对学校的上上下下已经非常熟悉。当大家都在为即将到来的高考紧张复习的时候，她却显得轻松自在，她的出国计划已经日趋成熟，觉得自己以前受的那些苦就要到头了。

没有人可以选择自己的出身，如果你不幸要面对原生家庭的不圆满，请在每一个快要撑不下去的时候咬紧牙关，抱着一切都会好起来的念想坚持下去。总有一天，你会看见阳光。

这就是谭晓在武大建立起的信念。

第十二章 离婚不到 24 小时

这一年，当一诺的女儿还没有满 7 岁的时候，她的婚姻实在难以维持下去了。

一切都是从几张检测报告开始的。

周末，一诺不上班。在打扫房间的时候在茶几角落处看到了几张检测报告单，它们就随便地放在那儿，因为是不规则折起来的，所以一诺以为是废纸，扔之前她打开看一下，不看不要紧，一看吓一跳。一诺倒吸一口冷气，四张报告单分别是：

HPV 检查报告单

血常规检查报告单

TPAB 检查（梅毒抗体）报告单

TPPATPHA 检查（梅毒血清学滴度筛查）报告单

顿时，一诺觉得出大事了，他怎么会检查这些？难道是染上了艾滋病、性病？一诺顿时觉得一身冷汗，不敢继续往下想，紧接着她开始担心自己、担心孩子。

在一诺的严厉追问下，他坦白了自己的出轨行为。原来，他又出轨了一个研究生。

"你们是怎么认识的？"一诺的好奇心胜过她的愤怒。

"在一个'天上之水'的贴吧认识的。"

"你说说这几张化验单是怎么回事。"

"是她非要让我做的，因为她觉得我是有婚史的人，做了她会放心一些。"

"你们上床了？"一诺实在觉得恶心。

胡老师点点头。

"你能告诉我，她是一个什么样的人吗？是研究生吗？"一诺不太相信一个高知会爱上胡老师这样的人。

"你说呀，她是哪个学校的？"一诺见不得他一副受害者的样子。

"她是大连外国语学院毕业的，是赴法国的交换生，在北京二外读研，单亲家庭，母亲把她带大。"

"漂亮吗？"一诺觉得这太令她意外了。

看到胡老师又不说话了，一诺问："那你觉得她看上你的是什么？"一诺几乎不能相信具备这样条件的人居然还会看上他。

"她说看重我的外表，觉得带出去拿得出手。"

第十二章
/ 离婚不到 24 小时

一诺惊讶得不知道接下来该怎么问了。

"我认为她过于看重我的长相,这让我不太舒服。其实,我已经打算中止我们的关系的。"看着胡老师发自内心的感慨,一诺不再说什么了。

一诺觉得和这样的人在一起,无论如何都等不到点点7岁了。她决定离婚,哪怕点点受到影响。不然自己很有可能会杀人。

晚上,一诺把胡老师赶到客厅去睡沙发。她躺在床上想找谭晓倾诉一下,但是转念一想,谭晓刚刚结婚,还是不要破坏别人的好心情吧。所以,最后还是决定先不告诉谭晓。

一诺从小就有一种生存习惯,觉得自己是不能做错事的,那时候是怕自己做错事而连累到妈妈。长大以后,一诺会不自觉地约束自己,包括不能主动提出离婚,她知道一旦提出来,这个家十有八九就会散了,一直以来一诺都没有做好拆散这个家的准备。

第二天,一诺刚刚出门,就看见有个一米七的女生找上门来。

一诺见到她的第一眼,就被惊艳到了,就连自己也觉得她很漂亮。女孩的穿着很有品位,她穿着一个本白色浅格子的短款上衣,领口有灰绿色的包边儿,下身配搭了一条同款的长裤,系着一条宽大的黑色腰带,她的头发看似刚洗完澡还没有吹干。一诺直觉判断这就是胡老师说的那个研究生。看来她所有的简历都是真的,并非包装。

女孩大方地自我介绍:"我叫梅蕊,我就是来看看他是不是真的有家庭。"

一诺把梅蕊带到附近的COSTA咖啡馆，两个女人平静地坐着，聊了整整3个小时。

梅蕊和胡老师确实是通过"天上之水"贴吧认识的，因为需要给对方提供自己的照片，所以，梅蕊说自己最先是被他的长相吸引。见面后两个人都很满意对方，梅蕊说见到他本人比照片上还要好看，并且说自己是在第二次约会的时候，才知道他是有婚史的人。当时梅蕊就翻脸了，认为他不应该隐瞒自己的婚史，可是他辩解说，除非他愿意考虑结婚，否则他是不会跟别人讲自己隐私的，他把自己有婚史看作是个人的隐私。

梅蕊侃侃而谈，一点儿也没有做小三的感觉，相反，她觉得自己也是受害者。这时，一诺举手示意梅蕊先不要说了，她告诉梅蕊她喜欢的他，的确是已婚男人，而且他不是有过婚史，而是还在婚姻中。听到这里，梅蕊半天都不敢相信，她的脸定格在一个不能相信的表情上，就像是一张照片。

梅蕊哭了，她委屈地说自己还以为他仅仅是个二婚男人呢，即便是二婚，梅蕊觉得仍然跟家里交代不过去，这让她万分纠结，所以才决定来找他。

一诺最后看着梅蕊远去的背影，觉得现在的女孩子也太随意了，什么都不清楚就敢和人上床，最起码对彼此做一些了解还是必要的。

这件事让一诺感到愤怒，不是因为自己被欺骗和他对自己的又一次背叛，而是一诺感到累了，从心里感到疲惫。

第十二章
/ 离婚不到 24 小时

一诺和胡老师在民政局办完离婚手续后，双方并没有马上回家，因为离婚很突然，彼此都没有跟家里明说。走出民政局，他们才想起来找个地方商量一下接下来应该怎么和家人解释、怎么和孩子解释。

"现在我们离婚了，但是我有个建议，考虑到点点的接受程度，你能接受我们离婚不离家吗？我们没有处理好自己的生活却要让老人为我们操心，所以，我也不想把离婚的事情告诉双方的父母，你同意吗？"

一诺说完看着胡老师的眼睛。

"我同意，我也不愿意让点点受到影响。"

一诺听他这么说，在心里松了一口气。

最后双方商量好，对所有人隐瞒离婚的事实，一切照旧如常，直到女儿点点满 7 岁。

谈妥后，他们一起回家，一诺要给点点做中午饭。

当他们打开家里的房门，点点就像早就知道他们什么时候回来一样守在门口。

一诺开始看到点点充满惊喜，但是当她看到点点眼里含着委屈的眼泪，急忙问："点点怎么啦？"

点点一下子扑到一诺的怀里，大声问道："你们为什么不要我了？"

这简直就是灵魂的考问，太突然了。一诺和胡老师在第一时间彼此看向对方，眼睛里在质问对方："你告诉孩子了？"

但是，事实上他们俩谁也没有时间事先告诉孩子，而且他们都很不解：孩子是怎么知道他们离婚这件事的？

晚上，一诺耐心地开导着点点："告诉妈妈，是谁告诉你爸爸妈妈不要你了？"

点点举起手里的画，那是上个礼拜点点带回家的绘画作业，上面是她的自画像。可是，现在不知道为什么这张画被撕成了两半。

一诺清楚地记得，当时点点给自己看这张画的时候，自己被惊呆了。虽然孩子的手拙，但是整个画面很完整，有模有样，神态活灵活现，本来说好下个礼拜抽空儿去把这张自画像给装个外框的。

"你还没有告诉妈妈，你为什么说我们不要你了。"一诺很想知道这个答案。

"是你们谁把我撕成两半扔到废纸篓里的？这是我在废纸篓里捡出来的。"说着，点点委屈的眼圈儿又红了起来，一诺马上安慰道："好了好了，我们把它粘好，让爸爸去装个外框，挂在你的床头好不好？"

话虽然这么说，一诺还是觉得事有蹊跷，是谁撕了点点的自画像呢？

"点点放心吧，爸爸妈妈是永远都不会不要点点的，你永远都是我们的心头肉。"

点点的情绪这才缓和下来。

第十二章
/ 离婚不到 24 小时

一诺也松了口气，现在看来问题出在这张画上。不过，让一诺万万没有想到的是，撕画这件事竟然神秘得不可思议，胡老师也不承认这张画是自己撕的。况且，一诺也认为胡老师确实没有撕画的理由。最后，一诺觉得这件事比让孩子知道离婚的真相还要可怕。

这个疑问始终没有答案，它像是悬在一诺和胡老师头上的咒语，越来越神秘，甚至有几分惊悚。让一诺和胡老师无法安睡，似乎这件事已经令他们感受到巨大的不安。看着熟睡的点点，他们决定，第二天就去复婚。

就这样，这场离婚像是一场闹剧，没有熬过 24 小时就复婚了。

复婚手续刚一办好，一诺第一时间就约谭晓出来聊聊天，她迫不及待地想告诉谭晓这一夜自己所经历的折磨，想把憋在心里的压抑抒发出来。

"什么？刚离婚你们又复婚了？！"谭晓差一点儿把咖啡倒在桌子上，她惊讶地看着一诺，以为是在开玩笑。

"你没有听错，我们昨夜整宿没睡，今天一上班就去民政局办理了复婚手续。"

"为什么呀？就因为一张说不清楚是谁撕的画？难道你还看不出来他是不可能改变的吗？"

"我想告诉你关于那个研究生的事情。"一诺急于让谭晓了解这个让她好奇的女生。

谭晓这个时候没有心情听另一个女人的故事，反正横竖都是胡老师出轨，这没什么好讨论的。问题是谭晓很懊恼，既然离婚了为什么还要复婚？这是多么有利于一诺重新找回自我的机会啊！可惜机会转瞬即逝，也许这就是命运的安排吧。

过了几天，一诺和谭晓又聚到一起，一诺神秘地告诉她发生在自己身边的不可解释的事情。

"你帮我分析一下，昨天我临时回家，点点已经上学去了，我打算把这张画拿去裱一下，装个外框，但是你猜我看到了什么？"

谭晓看着一诺问："你看到了什么？"

一诺一副惊悚的表情说："我发现那张画不见了，找了半天，最后我发现它被撕成两半丢在了废纸篓里。"

这下子轮到谭晓露出了惊讶的表情："不会是点点把它撕了吧？"

一诺肯定地说："不会，因为等到点点放学回家，我第一时间就去问她是不是她干的，点点摇摇头表示完全不知道。"

"没有问胡老师？"

一诺看着谭晓说："问了，他也不知道。"

这时，谭晓和一诺四目相对，不觉后背发凉。

为了缓解一下紧张的气氛，还是谭晓打破了平静："你说说那个女人的事，她是怎么约你去喝咖啡的？"

"她来找胡老师，然后碰到我，是我带她去的COSTA，我

第十二章
/ 离婚不到 24 小时

们聊了 3 个小时，最后明白她并不知道胡老师还在婚姻中，她以为他仅仅是有过婚史的人，可笑的是她一方面喜欢他，另一方面又认为和一个有过婚史的男人交往是有原罪的。"

"不理解！"谭晓很惊讶。

"她觉得有婚史就低人一等，逼着胡老师去做检查。"一诺说完喝了口咖啡。

"查什么？"

"因为他们上床了，所以她要求查艾滋、性病和其他传染病。纯粹的洁癖加强迫症，恶心。"一诺露出厌恶之情。

"既然你们已经离了，你怎么还能够复婚呢？"谭晓是发自内心地觉得一诺太不理性了。

"自画像的事儿让我隐隐约约感到害怕。"一诺心有余悸地看着谭晓。

事到如今，谭晓觉得只能遗憾了，那是一种错失重要节点的遗憾。

一诺觉得等到点点 7 岁，之后他们就可以开始各自新的生活。暂时的忍耐就是为了孩子。

她对谭晓说："我对婚姻和被爱一直都很渴望，因为原生家庭不幸福，很渴望有个幸福的属于自己的家。现在我在现实中学会慢慢放弃了，太累了，何必呢，我唯一坚守的理由是孩子。一方面他父母以及他自己，对孩子的付出我很感恩，另一方面我知道他骨子里是不想离婚的。"

谭晓说:"可是,你更要为自己和孩子考虑啊。"

一诺点点头说:"导致我软弱的是我能看见他行为背后的原因,行为无法接受,但原因能接受。他骂我的时候我看见了他骂的是他自己的失败,骂的是对自己的愤怒和不满。他背叛,搞外遇,我知道是因为他渴望被爱,我给他带来的压力太大了,同时又给了他不奋斗的后路和空间,他留恋和我在一起的物质条件以及别人眼里良好的家庭。所以,想要有个好的结果,只有在慢慢的疗愈中磨合,不管未来是否能偕老,既然我们已有此缘,至少治好他吧。"

谭晓听着一诺的感慨,觉得一诺的内心世界是多么苦啊!此时的一诺让谭晓有些不认识了。

"还有一个原因就是我希望孩子拥有爱她的爷爷奶奶,有亲情也有友情,同时也替他想一下,如果没有我他要怎么活?他抑郁、自卑,基础的工作都很难胜任,有我在,他在别人眼里还能过着较好的生活,我确实看不了他过得不好,毕竟他是孩子的父亲。"

谭晓面前的一诺已经不太真实,像个菩萨。

"那么多陌生人我都帮了,何况他,即便我们以后没有爱了,但最后还是亲人。"

谭晓为自己在这么长的时间里持之以恒地劝说和开导,如今都化为乌有感到悲伤。此时,谭晓有一种强烈的挫败感,她觉得也许自己终将孤独地走完属于自己的路了。

第十三章 昙花一现的爱情

谭晓和魏华两个人婚后的日子非常幸福。魏华对谭晓的情感主要是怜惜,正如那句老话:"举在头上怕吓着,含在嘴里怕化了"。

结婚没多久,魏华就把谭晓最喜欢的民宿"荷塘"过户给了谭晓打理,谭晓正式接手了"荷塘"的经营权,成为名副其实的"荷塘"老板娘。

荷塘位于首都机场附近,闹中取静,虽然看上去偏僻,但是不知道为什么,房间的出租率远远超出谭晓的预期。黄金周以及节假日,生意超级火爆,即便是在旅游的淡季,"荷塘"也是一房难求。加上超低的房屋租金和运营成本,荷塘的收入从开张营业的第一天就表现出了超值的势头。

胡老师的研究生女友梅蕊自从和一诺见过面以后，没多久就抛弃了胡老师，原因很奇葩，他们每次同床，梅蕊都会在胡老师睡的一侧铺一张床单，完事以后，她会马上拿去洗。这个近乎变态的要求让胡老师很崩溃，为这个事情，胡老师专门和梅蕊谈了一次，这也是他们的最后一次谈话。

胡老师说："既然我们都同床了，为什么非要让我这半边铺床单呢？是嫌我不干净吗？"

梅蕊解释说："你是有婚史的人，而我是黄花大闺女，我要求这么点儿过分吗？我妈和我睡我也让她铺床单的。"

"你不觉得你有点儿变态吗？"胡老师觉得自尊心受到了极大的伤害，他继续说："如果你一定要坚持这样做，那我们就分手算了。"

梅蕊看着胡老师，脸上掠过一丝不易察觉的表情，胡老师觉得她肯定心软了，因为这个要求确实过分，真的是伤害性不大，侮辱性极强。

梅蕊看着胡老师那张脸，这的确是自己喜欢的类型。她嘴角露出了些许笑容说："那我们只好分手啦。"

这下子让胡老师下不来台了，胡老师觉得与其身心受辱，不如分手落个清净。

就这样，胡老师与梅蕊分手了。

在这些年里，一诺已经习惯了胡老师的所作所为。与其说她已经放弃了对他的期望，不如说她已经对身边的这个人麻木了。

第十三章
/ 昙花一现的爱情

在一诺眼里，所有的事情都是有因果的，甚至，一诺也在替胡老师想，和自己生活在一起不也是在煎熬中吗？他难道不是一直在寻找自己的价值吗？在证实自己存在的意义，每个人都是如此。

越是找不到存在价值的人，恐怕越容易遭遇需要证实自己存在价值的时刻。

和梅蕊分手不到两个月，胡老师又和一个叫甜甜的女孩勾搭上了。可能是因为在甜甜那里，胡老师以为找到了自己存在的价值。

甜甜是个学医的女孩子，两人是在咖啡馆认识的，甜甜当时没有找到空座位，看着眼前的帅哥男士正在听音乐便主动搭讪："帅哥，在听音乐吗？"

"嗯。"他抬眼看了看甜甜，觉得这个女孩子清新脱俗，皮肤白皙，关键是一脸崇拜的表情凝视着自己。所以，他摘下了右边的耳机身体微微前倾听她说话。

他戴着两个耳机有一半是个摆设，因为他只有右耳还有听力，左耳已经残了。甜甜倒是不客气，她大方地拿起了他摘下来的耳机，戴在自己的右耳上。

"是张雨生的《大海》，你太怀旧了吧？"她惊喜的表情里流露出一丝惊讶。

他笑着点点头，就这样他们各自守着一杯咖啡聊了一个下午，天南地北，五花八门。傍晚时分，才从咖啡馆出来。站在门口，胡老师正准备和甜甜告别，甜甜主动问他："愿意和我去开个房吗？"

胡老师看着甜甜的眼睛，然后两个人真去开房了。

两人分手以后，胡老师忽然感到有一丝不安，他不能判断这个甜甜到底是不是学医的，如果是个骗子呢？如果她有传染病呢？想到这儿，他实在不敢往下想了。他回到家的时候，一诺和孩子已经都睡了，如往常一样，他自己在行军床上躺下来，在混乱的思绪中睡到了天亮。

自从上次和梅蕊的事件以后，一诺就和他分居了。从此，在家里客厅的一角，添置了一张小的行军床，白天收起来放在卧室的门后，一到晚上就把它打开铺在客厅里。

说来也巧，他的每一次出轨、每一次电话都能够被一诺无意中发现，就像是上天安排好的一样。

一天早上，刚刚吃完早饭，点点叫爸爸在自己的作文上写家长评语，说是学校老师要求的。就在这时候，他的手机忽然传来震动，一诺拿起手机就看到了来电显示的名字——甜甜。一诺直接拿着手机走到女儿的房间递给了他，他接完电话不一会儿，就匆匆离开了家，当他要出门的时候，他的母亲拦住他："你出去干什么？怎么不知道好好陪陪点点？"

其实，他的母亲已经十分清楚儿子和一诺现在的家庭关系，清楚他们夫妻间的关系如此糟糕的根源，就在自己儿子的身上，但是他暴躁地直接甩开了母亲拦住自己的手臂，语气粗暴地说：

第十三章
/ 昙花一现的爱情

"我出去透口气。"

一诺非常清楚,他对母亲的粗暴,实质上是对父亲迫害情绪的一种投射,只不过母亲这里是一个安全的宣泄出口。当时为了治愈他的童年经历给他造成的阴影,一诺有针对性地看了很多这方面的书,书中写道:"在对孩子的调查中发现,当孩子面对家庭暴力的时候,压垮孩子的往往并不是暴力本身,而是父母的情绪。"一诺发现,几乎所有的孩子都害怕父母情绪失控时表现出来的扭曲的表情。

在孩子的世界里,失控情绪下的父母更像是妖怪,这远比暴力来得可怕,除非暴力本身直接导致了身体的永久性伤害。

一诺觉得在胡老师身上,这两种情况都有,一方面被继父暴力造成左耳永久性伤残。但是,最深重的伤害不是身体的伤残,而是来自母亲对他精神上的伤害,面对继父他可以本能地反抗,尤其是在叛逆期孩子会觉得自己有力量了,他想要尝试和证明自己。但是面对母亲,他必须容忍,这种容忍直接摧毁了一个少年的自尊体系和自我价值体系,母亲的行为方式让这个不幸的少年在不知不觉中接纳了这种伤害,并隐藏于心。

一诺觉得胡老师这辈子都抹不掉童年带给他的伤害,这种伤害将伴随他终生。

自从魏华把"荷塘"过户给了谭晓,谭晓和魏华都越来越忙。魏华的"桃花源"开始招商,有很多人感兴趣,觉得项目不错。

而谭晓的"荷塘"也越做越好,很快又开了第二家。

日子过得很快,一晃5年过去了。

8月的一个下午,谭晓约一诺去吃西餐。

"今天我请客,到一家叫 TRB Hutong 的西餐厅吃牛排,可火了!"谭晓兴奋地介绍着。

"有什么值得庆祝的事吗?"一诺随口一问,她怎么也想不到,谭晓要和自己说的竟然是她的婚姻也亮起了红灯。

"知道吗?不管是环境还是味道都是全北京数一数二的。"谭晓介绍着。

一诺越吃越觉得不对劲,她看着谭晓犹豫再三问道:"怎么了?"

谭晓的眼泪一下子涌出眼眶。一诺说:"出什么事了?快跟我说说。"

"魏华在外面有小三儿了。"

"啊!不是好好的吗?这么突然。"

"其实已经有一段时间了,最早我是在手机上看到他们的暧昧短信,我当时就质问过他,他不承认,说那是招待客户,是KTV里的小姐给他发的。"

谭晓一说起来就不能平静,一诺递过一杯水缓和一下谭晓激动的心情。一诺没有想到事情会成这个样子,真是祸不单行,自家的问题还没有解决,谭晓这里又出现了问题。难道这也传染吗?

第十三章
/ 昙花一现的爱情

谭晓说:"回答你最开始的问题,今天来吃牛排可以说是为了庆祝。"

一诺惊讶地说:"这有什么值得庆祝的?"

谭晓对着一诺说:"知道吗?我有生以来第一次打人,我打了那个女的。"说着把酒杯端到嘴边,一下子就干掉了杯子里的红酒。

谭晓既然开了这个头,两个人便开始你一杯我一口,一连喝完了两瓶红酒。她们在这家西餐厅,伴着忽远忽近的爵士乐,一会儿哭一会儿笑,不用看别人的脸色,彼此互相安慰,一点儿一点儿消化着生活带给她们的艰难。

"当时魏华他喝多了,给我打电话后以为挂断了,其实没挂断,那边就一直传来这女的在嚎哭,我听了一下原来那女的不愿意。"

"不愿意什么?"

"魏华跟她在谈分手,我用手机查找功能找到了他们的位置,等我开车过去,果然看见他们还站在路边。魏华站在那儿像个木桩子一动不动,那女的蹲在地上还在嚎哭,我下车走到她跟前,直接就动手了。"

一诺急着问:"那魏华干吗呢?看着你打她吗?"

"他没有拉架,他也不敢拉。"

"这恐怕是魏华第一次见到你打人吧?"

"应该是。"

"等我打完了，我和魏华上车后你知道他跟我说什么？"

"说什么？"

"我跟你回家，我是不是很听话？"说到这里谭晓一下子笑了，一点儿也看不出来被伤害到了。

"我的性格不像你，比较平和，怕生事端，遇事也较为包容。我第一次打人是在5岁左右，奶奶邻居家女孩总挠我脸，几次之后我隔墙用竹竿抽打过她。"

谭晓拿起酒杯和一诺碰了一下："牛掰！"

一诺接着说："我6岁的时候，邻居家的男孩淘气，总用小砖头块打我，我忍了几次。后来他把我惹急了，有一次我用整块砖砸在了他的后腰上，从此他再也没有惹过我。"

"棒棒哒！"两个人又干了一杯。

一诺说："前几天胡老师无故骂我，骂得极难听，我冲过去连抽他几个耳光，他竟然都没反抗。"

"该！他本来就是过错方。"

"我告诉他我是兔子。"

谭晓举着酒杯说："对，惹急了我照样咬人。"

这时候谭晓笑得已经不能自已，酒杯里的酒被她洒掉了一半儿，一诺也喝晕了。

她和谭晓碰杯的时候，直接把酒杯碰碎了，服务员跑过来换了新酒杯并且给她们重新斟上了酒。

第十三章
/ 昙花一现的爱情

一诺这时候平静了一些："我可能继承了我妈妈的柔弱与隐忍。小的时候为了保护我妈妈，一直以来我都想反抗，但是家里对孝道要求甚严，对待长辈，绝不能没有礼貌，我心里只能一直憋着一股劲儿，一直找不到宣泄的出口，有时候，我都怕自己憋出病来。"

谭晓这时候已经有点儿迟钝，她看着一诺表情木讷。

一诺继续说："我14岁那年，进入叛逆期，觉得世界装不下我了，觉得自己有力量了，终于在年夜饭饭桌上，我发过一回飙。"

"这我还没听你说过，跟谁呀？不会是你大姑吧？"

"是二姑父，你说你一个外人跟着瞎掺和什么，找不自在。"

一诺感慨万千："其实我应该是冲大姑她们去的，但是家教不允许，凡是亲人长辈，再委屈我都忍着。"

"我就不会，就是亲爸亲妈，只要你对我不客气，我就会立刻还回去。"

一诺自愧不如："我可做不到，我可以听着三个姑姑对我妈妈的嘲笑，却再也容忍不了一个姑父对我妈妈的不敬了。"

"欠扇。"

"姑父说给我妈准备些过年的饲料……在场的人都笑了，可是我的心里在流血。我忍不住猛然把碗往桌上一摔，大家全怔住了。"

"我晕，这太酷了，你三个姑姑都傻了吧？"

"主要是二姑父傻了，他绝没有想到我会发飙。"

"太过瘾了，霸气！"

"从那以后，不管在任何场合，再也没有人敢随意骂我妈了。"

谭晓激动地举杯："为胜利干杯！"

一诺举杯的时候眼睛却红了："这本来是件高兴的事儿，可是，我每次一想起这些，就想哭。"

"理解理解。"

"也许我的大脑总是处在受刺激的状态，我经常有昏厥的现象发生，有很多次我是在医院的病床上醒来的。为了这个事情家里人都很着急，听我妈说我爸还专门找大师为我算命，那位大师说我有可能一睡不起。所以全家都紧张得要命。"

"那后来查清楚是什么病了吗？"

"西医的解释是：脑供血不足。心理学名词叫：焦虑的惊恐发作。所以我第一次高考就失利了，没能考上大学……"

谭晓想到自己的人生。从追逐美国梦到梦的破灭，从回国创业到遇上白马王子。如今，自己的婚姻亮起了红灯。

转眼之间，时间一晃就过去了。

那一天，一诺和谭晓在这家西餐厅全都喝大了。最后谭晓把魏华叫来，魏华先开谭晓车送一诺回家，然后再送谭晓回家，最后再自己打车回到停车的地方把自己的车开回家。

第十四章 家庭的复杂性

一诺的父亲是一个复杂的人物。

在家里他宠爱女儿一诺,但他又与三个妹妹联手孤立妻子。在单位他以正直、善良的形象示人。所以,在一诺的眼里,虽然他欺负妈妈,但是很难说他是个坏人。如果说他是个好人,一诺在感情上又过不去。

在成年后的一诺来看,他对一诺造成的伤害是非常深远的。

一诺的父亲有三个姐姐,自己在家排行最小,也是最受宠的一个。

父亲从小在家里就没有话语权,他是在一个不需要男性作主的环境中度过了他的儿童时期和青年时期。

他的妈妈,也就是一诺的奶奶,是一个彪悍的女人,奶奶是家里的顶梁柱,年轻时还有过与土匪谈判的传奇经历。

一诺觉得父亲在家里从不善于表达,对人对事从来不表明态度,除非你逼着他,必须让他给个答复,否则你永远等不到他的态度。

就是因为他的这种性格,让一诺的妈妈承受了太多的委屈。

一诺的妈妈相貌甜美但是性格懦弱,她和一诺的爸爸也是自由恋爱。可是,结婚后两个人的关系越来越糟糕,这还要从一诺出生说起。

婚后不久,一诺出生了。一诺的妈妈刚坐完月子,就面临要不要二胎的问题。一诺的爸爸是个传统家庭长大的孩子,虽然他的三个姐姐都出嫁了,但是对她们唯一的弟弟仍然非常关心。所以,全家都认为再生个男孩是再正常不过的事情了。

可是一诺的妈妈表现出超乎寻常的反对。有意思的是她的反对是不公开的,是不与任何人沟通就自己先斩后奏式的。

全家人都被一诺妈妈的做法给激怒了。她们认为一诺妈妈的做法挑战了这个家族的荣誉和自尊。

一诺的妈妈考虑到一旦再有个弟弟,女儿可能会受委屈。所以,在全家人不知道的情况下,自作主张办了独生子女证。

实际上领独生子女证并不是重要的问题,真正惹怒全家的是一诺的妈妈擅自做了绝育,从而断了父亲家族对添一个儿子的念想。

从此,母亲成为众矢之的,母亲的悲惨人生由此揭开了序幕。

第十四章
/ 家庭的复杂性

也许是自己妻子的软弱刺激了这位在儿时习惯唯命是从的爸爸,从这时候起,他一下子成了自己家庭的控制者和权力者。

一诺从小在这个父权主导的家庭中备受压抑,在成长过程中,她无数次目睹了妈妈受尽委屈,被自己的大姑、二姑和小姑轮番羞辱。

一诺在这样压抑的环境下,自幼形成了偏男性化的性格,比如不穿裙子、不留长发、衣着中性。

一诺渴望长大,渴望有力量。她在小学二年级的时候,就自己报了一个学习双节棍的兴趣班。按照正常的学习进程,学习初期先是从纸筒双节棍开始,当有了一定的基础后再换成木质双节棍,最后可以换成金属双节棍。

但是一诺直接为自己定做了一根金属双节棍,其动机就是保护妈妈心切。

"你确定你要使用金属双节棍吗?"教练看着站在第一排的一诺问。

"是。"一诺坚定地点点头。

教练没办法,只好开始授课。

一诺报这个兴趣班就是为了能有力量保护妈妈,所以她用自己的零用钱买了一副不锈钢的双节棍,还把其中一节做了特殊的加工:中段是可以拧开的,内藏一把匕首。

第一节练习课,一诺挥舞的双节棍就把自己右手肘打得翻开了一个嘴巴一样大的口子,吓得老师立刻把她送到了医务室。

"要消炎,你忍一下啊。"老师看着伤口都感觉很疼,可是一诺竟然没吭一声。

"你要是疼可以喊出来。"老师关心地安慰一诺。

"嗯……"一诺咬着嘴唇还是忍着。

老师很诧异:这孩子遇到了什么委屈的事这么憋屈啊?

总之,第一周的训练课还没结束,一诺把自己的双肘全都打破了。但是,她一声不吭,回家后她竟然不跟家里任何人说一声。

说来也怪,从那两次受伤以后,一诺在日后的训练中再也没有打到过自己。

不管怎么样,一诺的父亲还是非常爱她的,这让一诺学习双节棍的目标越来越模糊。

初中毕业复考的那一年,在一个周末的早晨,一诺还在睡懒觉,她被一只大手推醒。

"饭在锅里,酒在桌上。"父亲说完就出门到单位去了。

半小时以后,一诺爬起来,她走到灶台前掀开锅盖,果然饭菜都热在锅里,转身看到桌子上放着两瓶啤酒。一诺很好奇,平时父亲是不让自己喝酒的啊,想起他常挂在嘴边的一句话:"女孩子应该滴酒不沾。"

这两瓶酒难道是给自己喝的吗?一诺不能确定。

一诺饿了,转眼之间,饭菜下肚,两瓶啤酒也喝光了。最后一诺把空酒瓶原封不动地放回原处。事后,竟然没有人过问那两

第十四章
/ 家庭的复杂性

瓶酒哪儿去了。

几年后,当一诺考上大学要离开家了,她主动来到爸爸面前和他告别。她终于把压在心里的疑问说出来了。

"爸,有一次你给我在锅里留了饭,你还记得当时在桌上放了两瓶啤酒吗?那是让我喝的吗?"

"是啊。"

"你不是不允许我喝酒吗?"

"初中毕业进入高中以后就算是独立了。一个女孩子在独立生活前,要了解自己喝酒的红线,这很重要。"

一诺当时被父亲细腻的感情温暖到了。

"那你也没问我喝完是什么感觉啊?"

"忘了问,当初你把那两瓶啤酒喝完有感觉吗?"

"没有。"

"你对自己的酒量有数儿吗?"父亲流露出担心。

"没数儿。"

"你就没有探一下自己的底儿?"

"上礼拜刚试过,我和同学聚餐,每人一箱啤酒加一瓶白酒。

"探到底儿了?"爸爸急切地问。

"没探着。"一诺一副得意的样子。

这就是一诺离开家去鲁艺之前和父亲的最后一次谈话。

在渔场,一诺的爸爸是个值得信赖的场长。他在任期间从不收礼，对上不奉承，对下不欺压，童叟无欺。

一到收鱼的季节，他铁面无私，在收鱼的秤上绝不作弊，结果得罪了很多人。

一到冬季，家里的柴火垛经常会莫名其妙地被人点燃，然后，爸爸就带领着全家老小一起出动去灭火。

整个冬季，这样的救火次数很多，一诺已经累得瘫倒在地，因为你不迅速灭火，家里冬季就可能没有柴烧。

有一次，全家人好不容易把火扑灭，一诺已经累得瘫在地上，她看着满脸是烟灰的爸爸说："爸，要不我们也收些礼吧？"

看着瘫在地上的一诺，爸爸告诉她："不能收，这样我们才睡得踏实。"

说实在的，对一诺而言，每一次灭火都是一次对自己体能的极限考验，如果不是倾尽全力，恐怕家里人劈好的木柴，将会被全部烧掉。

说来奇怪，全家人逐渐习惯了这种灭火生活。日复一日，年复一年，一诺已经上小学了。

家庭对一个孩子的影响是深远的，和一个极端恶劣的家庭相比较，一诺的家庭带给她的影响更加深远。因为在这个家庭中，往往是正面的部分包裹着负面的部分，从而使负面的部分具有很强的隐蔽性。对孩子而言，往往很难识别其中的对与错。所以，那些被正向包裹着的负面的影响，比如在爱孩子的掩盖下，夫妻

第十四章
/家庭的复杂性

间的漠视和敌对，姑嫂间的语言羞辱和霸凌，这些恶行被软化和伪装。但是，它们对孩子的伤害会更加深远，甚至是终生的。

避免伤害的关键在于孩子什么时候可以分辨它。

一诺醒来的时候已经是上午9点多钟了，她给公司打了电话，说自己今天要见客户，有什么事电话联系。

一诺看着窗外的植被在阳光下生机盎然，自己却感到浑身疲惫，她陷落在松软的床榻上连翻个身的力气都没有。她静静地看着天花板，回想起自己遥远的童年，她已经习惯了这种思维模式，总是不自觉地过滤着自己的过往，希望能够在这些过去的经历中找到一个能够让她摆脱现状的出口。

一诺从小就有一种强烈的英雄情结。但是，她心里清楚自己非常胆小。

周末，一诺约谭晓出来坐坐，看到谭晓气色不好，一诺问她："你和魏华的关系怎么样了？"

谭晓说："不怎么样，一切都向着不好的方向发展。"

接着，谭晓仔细地向一诺汇报了最近自己和魏华的情况，唯一值得庆幸的是，婆婆还站在谭晓一边。

谭晓说："我婆婆说了，她永远站在我这边，她最见不得儿子把小三儿带到家里来。"

但是，根据后来的情况发展来看，显然，谭晓低估了小三儿的忍耐力和持久力。再说,毕竟这个婆婆和自己的儿子是有血缘关系的,他们不可能永远作对。

一诺帮谭晓分析了她和魏华的现状,觉得情况并不乐观:"你记不记得,当初在打算流产的时候,魏华虽然没有表现出强烈的不满态度,但是我一直隐隐约约地觉得魏华是难过的,甚至说是受到了某种程度的伤害。所以,当时我就告诉过你,你对魏华的心理状态是有误判的。"

谭晓也很后悔当初执意流产的事。

一诺问谭晓:"你知道他们的关系现在发展到了什么程度吗?"

"同居了,已经不回家了。"谭晓没好气地回答。

一诺担心的正是这个。自从一诺知道魏华有小三儿以后,就在心中暗自担心,千万别让魏华和那个小三儿怀上了孩子。因为在一诺看来,如果孩子出生了,这会促使魏华下定决心和小三儿走下去,魏华再也不可能回头了。

"他们住到一起真不是个好兆头。"一诺担心地自语。

"不住到一起也好不到哪儿去。"谭晓没好气地说道。

一诺看了谭晓一眼说:"你不觉得当时你坚持打掉孩子是个错误吗?"

谭晓看了一诺一眼,不知道她要说什么。

一诺接着说:"我有一种不好的预感,一旦小三儿怀上孩子,

第十四章
/ 家庭的复杂性

你和魏华就没有可能了。"

"为什么？"谭晓很不解。

"因为我的直觉告诉我，魏华看中这个。我甚至觉得你打掉的不是你们的孩子，而是你们的未来。"

不幸的是一诺一语成谶，谭晓和魏华的命运，竟然被一诺言中。

自从小三儿怀了孩子，谭晓和魏华的关系就变得越来越糟糕。小三儿怀孩子之前，魏华还偶尔回家转一下，吃顿饭、拿点儿东西，现在基本上半年都不回来一次。谭晓也感到这是她最难熬的时期，就连小三儿的母亲都敢直接给谭晓打电话，要求谭晓放手，说："他们已经有孩子了，如果你还要脸的话就赶快离开魏华，不要耽误别人的幸福。"

"你的婆婆对他们同居怎么看？"一诺同情地看着谭晓日渐消瘦的脸。

"坚决站在我这一边，我婆婆说有她在，小三儿永远别想进这家门。"婆婆是谭晓的最后一道防火墙。

人在极端压力下心态往往会变形，而谭晓在极大的压力下，却被激发出了潜在的报复心。谭晓对一诺说："我才发现我身体里居然有残忍的一面。"

"你打她了？"一诺意外地看着谭晓。

"是的,在我第一次打了小三儿之后,又接连打过两次。第二次,我把小三儿堵在了一家餐厅里,我进去的时候正遇上魏华不知道为什么动手打那个小三儿,就直接扑上去与魏华合力揍她,当时在场的朋友都吓坏了,不知道该如何拉架。"

"后来呢?"

"后来,我发泄完了就扬长而去。事后有人跟我讲,那个小三儿被我打得满脸是血,我走后她抱着魏华的腿,说什么也不放手,小三儿哭着对魏华说:'哥,我错了,你不要赶我走,你就把我当成一只狗吧,我保证在你身边不说话,只要让我看着你就行。'你说贱不贱?"

一诺感叹道:"就算遭遇这样的双打,她还能黏在魏华身边,丝毫没有退却的意思,你们真的要完了。"

谭晓最后一次打小三儿是在街上,当时她揪住小三儿的头发狠狠地把她拉倒在地上,她用脚使劲踢她的头,踢她的肚子。因为她觉得自己是受害者,所以打得特别理直气壮,甚至在打人的时候有了一种正义的底气,她当时一点儿也不觉得自己残忍,她认为小三儿就该受到这样的惩罚,那也是她最后一次动手打小三。

这一切都因为谭晓自己也觉得她和魏华不可能再回头了。

当这段历史已成往事,谭晓仍然一点儿也不后悔自己当初的所作所为。相反,她觉得如果没有这样暴打小三儿,自己会觉得对不起自己。

谭晓对一诺说:"我觉得在自己失败的婚姻中所做的唯一正

第十四章
/ 家庭的复杂性

确的事,就是让小三儿尝到了我的愤怒,是她活该!"

让一诺看到一个疯狂的谭晓是因为她的另一句话:"有一件事我很后悔,就是当时打架的时候我穿的是一双软底鞋,应该换上高跟鞋就好了。"

如果说,谭晓的疯狂报复具有一种争夺的意味,起码她对自己的婚姻是不愿意放手的,她和小三儿的拉锯战整整打了3年。但是,把谭晓和魏华的婚姻压垮的最后一根稻草是婆婆的反水。

在婚姻的问题上,谭晓是坚持不离婚的。

也许是被小三儿的顽强惹恼了,非要争出个胜负。也许是谭晓已无路可退,想到自己那个不堪的家庭,谭晓觉得还不如一个孤儿。

对谭晓而言这个家就是自己最后的港湾,如果失去了,自己在人生的旅途上连一个能休息的地方都没有了。谭晓知道一旦放手,自己就会成为一个孤家寡人。但是,随着事情的发展,谭晓开始逐渐感觉到了绝望。在那段时间,谭晓和一诺一见面就是哭,而且一哭就是一个晚上。在一诺看来,谭晓已经患上了严重的抑郁症。

有一天,一诺看见谭晓拿着一个行李箱和一个双肩背包向自己走来。一诺意识到这一天终于来了。两人坐下后,谭晓的第一句话就是:"我婆婆反水了。"

一诺一点儿也不意外,因为对于魏华的母亲而言,她不可能永远站在儿子的对立面。不管谭晓怎么看,一诺始终这么认为。

谭晓说:"你知道她今天早上吃早饭的时候是怎么跟我说话的吗?现在回想起来我简直都要反胃了。"

"你别上火,慢慢说。"一诺把语气放得很慢,她尽量要让谭晓冷静下来。

"她说就是因为你,我儿子都不回家来住了,我这么大岁数不知道哪天就不行了,我临死都看不见儿子一眼!"

谭晓说着眼睛都红了:"我不知道这是什么样的家庭,能有如此的三观,我意识到在这个家是待不下去了。"

一诺听到这里,给谭晓递过一张纸巾。

谭晓哭着说:"我觉得在整个事情中他们没有一个人能站在我的角度替我考虑,可能是因为自己父母不在了,所以对于我这样一个孤儿,被'欺负'是理所当然的。我对这样的家庭、这样的母子俩彻底死心了。"

这是谭晓对家庭破裂的心得。婆婆从一开始坚决站在谭晓一边,坚决反对儿子找小三儿,到最后竟然把谭晓一个人留在北京,自己带着儿子和小三儿去泰国旅游。谭晓认为自己最终决定放弃坚守了多年的婚姻,就是因为自己对家中唯一的长辈失望了。

谭晓的婚姻保卫战就这样以她的惨败而告终了。

第十五章 离婚后遗症

　　一诺给谭晓和自己的杯子里斟上酒,她说:"昨天魏华约我见面了。"

　　谭晓不屑地说:"他能找你说什么,是让你来转达他的悔恨吗?"

　　一诺笑了笑,说:"你想多了。他和小三儿已经进入平稳期了,彼此都理性了很多,他抱怨说如果不是他坚持这么多年,你早就放弃你们这段感情了。"

　　谭晓差点儿没把饮料给吐出来:"真能瞎掰。是谁出的轨?难道是我逼他劈腿的吗?"

　　其实,一诺很了解谭晓。魏华和谭晓从一开始相处,魏华就处在下风,这是谭晓的性格特征造成的。谭晓从小就漂亮,习惯了漂亮带给她的优越感,她从未主动追求过谁,即便是遇见自己喜欢的也不会主动去吸引对方,是标准的高冷型。她完全意识不到自己有时候冷到让对方避而远之。

所以在魏华和谭晓的婚姻里,魏华一直没有得到足够的仰视感,这才是他们婚姻出问题的关键。

"你们离婚有一段时间了,你也该反思一下自己的问题。"

"我有什么问题?"谭晓看着一诺接着说,"你到底是谁的闺蜜?"

"当然是你的闺蜜,因为过了这么久,我才觉得可以和你说点儿你的问题。"一诺诚恳地看着谭晓。

谭晓对着一诺笑了笑:"你永远都是我的亲人。"

一诺喝了口饮料说:"当一个人渴的时候,正确的做法就是给他一瓶矿泉水。但是,很多人都做错了,不是给买橙汁,就是送个西瓜。更有甚者,直接买一车热带水果,结果适得其反。"

谭晓疑惑地说:"你到底要说什么?"

一诺说:"男人是有不同类型的,需求也不一样,首先你要知道他的需求。"

"那你说魏华想要什么。"谭晓急于知道答案。

"被仰视。"

谭晓眼睛一瞥:"被仰视,仰视我还差不多。"

"这就是你情敌的优势所在。"一诺肯定地看着谭晓。

谭晓这才反应过来,是啊!当那个女人出现在魏华的面前,

第十五章
/ 离婚后遗症

她真的是把自己的姿态放进了尘土里。是那种"你可以打我、可以骂我，只要你要我就行"的姿态。魏华的朋友在背后跟谭晓说过，有一次她在魏华跟哥们儿打麻将的时候跟他闹情绪，魏华起身就给她踹了。她哭了不到5分钟就没事人一样给魏华捶背。

她怀孕5个月的时候，被魏华把门牙打断一截儿，连魏华自己都跟朋友说："不知道为什么自己变得那么坏。"为此魏华还去看过心理医生……

所以，这些年来面对高冷的谭晓，魏华从来没有被仰视过。一诺觉得魏华能够坚持到今天才离婚，恰恰证明谭晓在他心中的女神位置。

有一次，谭晓给一诺看魏华和小三儿的微信截图，一诺看到小三儿写给魏华的微信是："哥，你在我心里就是神。"

从那一刻起，一诺觉得谭晓输定了。她把手机递给谭晓："这就是你们分手的原因。"

谭晓接过手机看了看说："愿闻其详。"

"魏华要的你给不了。"

"他要什么？"

一诺说："这句话你永远也说不出口。"

在3年的时间里，魏华的身心被两个人的情感撕裂着。他仰视谭晓又接纳小三儿的仰视。但是，每次面对谭晓的质问，他都显得理直气壮，没有半点儿心虚。

他们的最后一次谈话谭晓至今还记得。

"你说你爱我,你能说说你是怎么爱我的吗?"

"我是以我理解爱的方式在爱你。"

"我告诉你,你从没有爱过我。"

"我觉得我也有必要告诉你,你就喜欢幻想,幻想着不存在的东西,过去不存在,现在也不存在,将来更不会存在。在现实中,没有一个男人能够欣赏你的高冷,如果你不改变,将来不会有人接纳你。"魏华说得很悲壮。

谭晓看着魏华笑了。

魏华接着说:"如果你一定要离婚,时间会证明这是你犯下的一个最大的错误。"

谭晓苦笑地说:"最大的错误在很久以前就已经犯过了。"

谭晓的意思是早知今日何必当初!也许结婚就是我们最大的错误。

这种全面否定两个人感情的语言,很伤魏华。

"我了解你,我知道自从我出轨以后,你再也不会对我好了。"这就是魏华在办完离婚手续的时候对谭晓说的话。看得出当时魏华复杂的心情。

离婚对谭晓来说也不是一件轻松的事儿。

谭晓开始变得念旧,尤其是一提起魏华,总是说从结婚到离婚,他从没有动过我一根手指头。

第十五章
/ 离婚后遗症

这句话，谭晓跟一诺说过不止一遍了。即便是这样，只要见到一诺，她还是忍不住会再说一遍。

"你帮我分析一下，魏华从我们结婚到离婚，从没有动过我一根手指头。你说，这是不是对我格外尊重？"

一诺说："你不就是觉得魏华打过小三儿没打过你，你有一种优越感吗？别忘了，人家现在是一家人。"一诺经常提醒谭晓要看清现实。

自从离婚以后，谭晓频繁地约一诺出来吃饭，其实就是想抒发一下心里的负面情绪。每次一诺都会开导谭晓，指出她心理上的问题。

今天晚上，谭晓又在给一诺分析自己的婆婆："她一直单身，是一个占有欲很强的人，她经常跟我前夫说的一句话就是：'儿子，你不听我的肯定没个好儿！'"

一诺笑了："我知道你婆婆的样子。"

谭晓说："在我们谈恋爱的时候，魏华经常和朋友、同学们一起出去玩儿，不管到哪儿都带着他妈，当时我觉得魏华挺孝顺的，结婚后才觉得这是一种过分的依恋。婚后我们一起住，魏华经常在外应酬，她给魏华打的电话比我还多。"

"都聊什么呢？"一诺问。

"如果我和魏华哪天回来晚了，她就会给儿子打电话，用心脏不舒服或头疼这样的理由责骂我们，实际上就是在骂我。"

一诺说："那魏华应该心里有数。"

"他妈很会表现自己，比如我擦地就擦了，不会要告诉谁。但是她偶尔擦一擦地，就会坐在沙发上给魏华打电话（呼哧带喘的），然后魏华的感觉就是我不做家务。"

"那你不会解释一下吗？"

"关键是魏华根本就不问，你现在了解我婆婆的性格了吧？应该给她发一个奥斯卡最佳表演奖。"谭晓越说越气愤。

谭晓接着说："魏华和小三儿住到一起后，那是我最惨的时候，身后没有家人，没有退路，前面看不到一点儿希望，现在回想起来那段时间我应该就是抑郁了。"

一诺听到这儿，也替谭晓感到委屈。

谭晓又说："后来我才听说，因为魏华和小三儿已经生下了龙凤胎，所以他们才搬到了一起。"

谭晓决定出去走走，换个环境，散散心。

谭晓把自己的打算告诉一诺后，一诺关心地问："你打算去哪儿啊？"

"去大理，人家都说那里有诗和远方。"谭晓自嘲地说。

"我支持你出去散散心，至于诗和远方你还是省省吧。"

"一起去吧，听说是一个能治愈的好地方。"

"我有点点，实在走不开。"一诺笑着回绝了谭晓的邀请。

谭晓说："离婚手续已经全都办妥了。"

第十五章
/ 离婚后遗症

一诺送谭晓去机场,她们在机场拥抱在一起,谭晓趴在一诺的肩上,用真切的语气对一诺说:"你多保重,不要再消耗自己有限的生命了,我们的年龄都不小了,应该替自己多考虑一些。"说完,她径直走向安检口。

一诺看着谭晓的背影,完全不知道在不远的将来,自己的生命轨迹最终要和这个闺蜜的生命轨迹重叠在一起,并且彼此开启新的生活。

从北京飞往大理的 MU576 航班已经起飞大约半个小时了,谭晓坐在靠窗的座位上,看着窗外的云海像慢动作一样往后掠过,这让谭晓很快就有了睡意。直到开始供应午餐,谭晓才被空姐叫醒。她一边吃着飞机上提供的餐食,一边想着与一诺共同奋斗的北京在自己的身后越来越远。

这次云南之行,谭晓是希望用空间上的距离,把自己和以前的生活暂时地隔开,给自己一个喘息和修复的时间。她不愿意承认如一诺所说的那样,"在你的内心深处,你和魏华的感情远远还没有结束"。恰恰相反,谭晓自己觉得一切都已经结束了,而且是一去不复返了。

"其实我还真的要感谢你呢!很多时候我们都忽略了自己的内心是需要被倾听的,被人倾听本身就是一种疗愈。"这是谭晓感谢一诺时说过的话。

谭晓没有告诉一诺，自己下决心远离北京还另有原因。

虽然谭晓和魏华还没有办理离婚手续，但是所有人都知道谭晓和丈夫已经离婚了，并且谁都知道她的丈夫和小三儿住在了一起，还生了孩子。很多人都觉得一个漂亮的女人在被离婚的状态下，特别需要被同情，进而特别容易上手，也特别性感。事实上，谭晓觉得自己面对这一切，就像是一只无力回击的小动物，心里承受着加倍的伤害，这种伤害来自自己父辈的熟人、来自同学的丈夫甚至来自比自己小12岁的早熟的男孩子，他们都或明示或暗示地表示了自己对谭晓的兴趣、欣赏和爱慕，甚至干脆提出做情人。这对于谭晓来说，是更大的羞辱和伤害，是在被小三儿夺去丈夫以后的二次伤害。

"就因为我没有人要了吗，还是因为我长得好看，或者因为我如同孤儿一般没有依靠？"

谭晓在夜里对着镜子不止一次哭着问自己，不止一次在夜里自责和反省自己。谭晓觉得在离婚前，自己以为这个世界是单纯而美好的。可是，离婚后，他才发现这个世界的阴暗、肮脏远远超出了自己的想象。除了觉得恶心、恶心，还是恶心。

飞机的广播正在播报，大约还需要1小时30分钟，飞机即可抵达目的地大理机场，时间还早，谭晓靠在椅背上合上双眼，闭目养神。

在她的眼前浮现出一诺结婚前两人见面的情景。谭晓一直都

第十五章
/ 离婚后遗症

认为一诺早就应该离婚了,她那个不堪的胡老师已经没有什么可以留恋的。谭晓也不止一次地劝一诺尽早结束这段已经死亡的婚姻,可是一诺总是拿点点做借口,总是不以为然。

"你对他的包容越来越没有底线了。"这就是谭晓经常告诫一诺的话。

任何人都有可爱的一面,也有令人憎恶的一面,谭晓记得曾经看过一部老电影叫《化身博士》,讲的就是人的两面性:一个人时好时坏的决定因素取决于在他的体内是善良占上风,还是邪恶占上风。

第十六章 一诺的成功模式

一诺曾经问谭晓:"如果他们没有孩子,你想过你和魏华还可能破镜重圆吗?"

谭晓想了想说:"不能了,对于背叛这件事我已经释然了,最主要的一个原因是他后悔了,他到现在还经常给我打电话,我一般都不接。"

"打电话找你干吗?"

"约我出去喝咖啡,然后就呆呆地往那儿一坐,不想回家。"

一诺说:"有意思,为什么会这样?"

谭晓说:"我觉得可能是因为我们已经渐行渐远了,大家既然选择了不同的生活方式,那就按照自己的方式活下去吧。"

谭晓看着一诺笑了笑接着说:"我分析了自己婚姻失败的原

第十六章
/ 一诺的成功模式

因，我的因素占30%，魏华占40%，他妈妈占30%，知道为什么吗？"一诺摇了摇头。

谭晓煞有介事地给一诺分析。

"魏华的家庭是母亲过于强势，对他的压制和控制欲无处不在，其实很多时候他对我的敌意都是在变相地反抗他的母亲，这种反抗是属于潜意识的，你觉得我分析的是不是有道理？"

听着谭晓的分析，一诺在心里觉得谭晓对魏华的情感在她的心里还远没有过去。

谭晓走了，没有人在耳边絮叨了，一诺感到少了很多东西。身边一下子没有了谭晓，内心变得空落落的。自己每天除了上班，就是陪点点。不过，谭晓告诫自己的那句话总是回响在耳边："不要再消耗自己有限的生命了，应该替自己多考虑一些。"一诺觉得也许这是一种潜意识的暗示。

谭晓在的时候，她总会当面指出一诺的问题和毛病，现在谭晓走了，没有人说了，反倒让一诺觉得不适应。一诺经常在深夜反省自己，她从没有像今天这样清醒地反观自己。她意识到自己现在的样子，几乎都带有童年时期的阴影。

第一次和这个社会战斗，一诺才刚上小学。

当时，全家人都在欺负妈妈，一诺看在眼里，急在心里。因为他们都是长辈，一诺拿他们没有一点儿办法。偏偏有个不长眼的邻居，居然也敢骂一诺的妈妈，这下子被一诺抓到了发泄的出口。

放学以后，在家里吃过饭，一诺告诉妈妈："我去找同学玩会儿。"

妈妈边洗碗边对一诺说："去吧，别玩时间太长。"

"知道了。"一诺背上书包就出去了。

她来到邻居家的院门口，看见院子没关门，她走进院子来到房门前正在犹豫，这时女主人正好走出来。她看到一诺问："你找谁？"

一诺一眼就认出骂过妈妈的人就是她，马上回答道："找你。"

"找我，什么事？"那个女人疑惑地看着一诺。

"你以后不许再骂我的妈妈，我虽然打不过你，但是我打得过你的女儿，你要是再敢骂我的妈妈，我就弄死她。"说着从书包里拿出了菜刀。

那个女人当时完全惊呆了，她半张着嘴看着一诺，没想到站在自己面前的小女孩竟然有这么大的杀伤力。从那以后，这个邻居家的女人再也没有骂过一诺的妈妈，甚至连正眼看一下都不敢。

这次事件以后，一诺初次尝到了成功的滋味。从那时起，她学会了和这个社会去拼、去抢的生存法则，最后形成了一诺自己的成功模式。

这个成功模式在一诺上大学的时候被发挥到了炉火纯青的地步。

第十六章
/ 一诺的成功模式

　　一诺在大二的时候已经是学生会主席了。她绝大部分时间都被事务性的工作所占据，逐渐变得没有一点儿精力能够放在学习上。

　　学校刚来的书记找一诺谈话，问她父母都是干什么的，经过询问得知一诺的父母都是非常普通的人。其实，书记在学生中进行摸底是有原因的。一诺后来才知道他们这一届环境设计专业的考生，在录取的时候有5个人作弊，现在被人给捅出去了，市教委派人来查，命学校限期清退这5个关系生。谁都知道这5个人上面都有关系，所以校领导正在寻找解决之道。

　　当时，由于一诺主要精力都放在学生会的事务上，期末考试挂了3科，直接被列入降级的名单。学校用降级变相地"清理"了这一届的作弊学生。

　　自己被当作替罪羊，这是一诺无法接受的。

　　想到家人，想到母亲，那天晚上一诺失眠了。

　　她想来想去，觉得无论如何不能被降级，降级没办法面对父母。所以一诺很清楚，目前面临的主要问题是想办法保级。

　　第二天，她就跑到学校教务处，先查了一下全校挂3科的学生居然有30人。一诺敏锐地觉察到，如果这30人都降级的话，那就成了一个教学事故。想到这，她偷偷复制了30人的名单和成绩单。一切都准备就绪后，一诺找到了教务处的负责老师。

　　一诺决定先礼后兵，向老师解释一下挂科的原因："曹老师，请你们能够体谅我挂科是因为学生会事务性工作太多而没有时间学习，所以我决定辞去学生会主席的工作，我会把有限的时间都用于学习，希望你们能帮忙不要让我降级。"

老师看着一诺无动于衷。

一诺用恳求的语气对教务处的老师说："我考上大学不易，如果降级，母亲接受不了，我自己也接受不了。"一诺说到这儿把头低下了。

听到这儿，教务处老师终于说话了，但是他一开口就满嘴官话："你要清楚你这是在求我帮你走后门，这个忙我帮不了，况且学校已经向教委提交了这次事件的处理报告。"

交涉未果，事情已经到了不可挽回的地步，这让一诺心急如焚。

第二天，学校为此事专门开了一个党委扩大会，很不幸的是一诺的名字就在名单里。此时，一诺面临的绝境是显而易见的。

在感到求助无望的情况下，一诺拿出了准备好的名单，她来到学校书记的办公室，把复印好的名单摊在书记的办公桌上，一诺平静地告诉书记："这是这一届30人挂3科的名单，如果这30人里面有一个人不降级，我就肯定不会降级。如果有必要，我会到教学楼找院长，我也会站在楼顶呼吁公正透明对待每一个学生，我还会要求调我的政治卷子。当然，我如果不降级，这些事就当没有发生。但是，如果我降级了，我肯定会如上所述做得出来。"

书记问："你对你的政治卷子就那么自信？"

第十六章
/ 一诺的成功模式

一诺说:"我很清楚我应该是挂了两科,然而政治这科,我是全抄课本的,没有 90 分也不会低于 85 分。可我不知道为什么,恰恰这一科的成绩只有 59 分。所以,如果因为政治不及格导致我被降级,我肯定会要求调我的卷子。"

书记毕竟是书记,面对这些丝毫没有妥协,他好奇地端详着一诺,不知道一诺是哪儿来的勇气。

第二天,在宣布降级名单的大会上,一诺心里七上八下,她紧张得甚至有点胃痉挛。

书记首先带头发言,在传达完教育局的讲话精神后,他是这样说的:"我们的很多学生在学习上都非常努力,比如学生会主席一诺就是一个很有学习能力的学生,在她的成绩单上,是我们的统计人员犯了官僚主义的毛病。"

接下来的话,一诺一句都没有听见,刚才书记的讲话如晴天霹雳响在一诺的耳边。

在大会结束后,主管学生会的领导马上来到一诺的宿舍,他们劝导一诺:"别动不动就撂挑子,这个学生会主席一职还是要你来干。"

就这样,一诺度过了一场危机。

对于一诺来说,这又是一次一诺模式的胜利。

但是,当今天的一诺再次回过头审视当年的自己,她却不会觉得这是一种胜利。她恰恰觉得这是原生家庭留下的阴影,在自己面对逆境时的应激反应罢了。

　　一诺从小随母亲被整个家庭孤立和冷漠,这慢慢固化了一诺和父亲以及三个姑姑的人际关系,那是一种保持距离感的亲属关系,是随时会"化亲为敌"的不稳定关系。

　　一诺记得和自己的亲人唯一的一次翻脸,是在大学毕业后,那时,她正准备大展宏图,突然被告知妈妈得了乳腺癌。

　　当她赶回到家里的时候,正好碰上三个姑姑来找父亲,让一诺无法接受的是他们不是来看望病重的妈妈,而是趁妈妈生病,来说服爸爸跟她们一起去海南旅游。

　　一诺非常明白,她们选择在妈妈病重的时候来找父亲一起出游是想干什么,这再一次揭开了她童年时的痛苦记忆,这深深地刺痛了一诺,她当时就对她的大姑吼道:"从我们家滚出去!"

　　大姑非常意外,不相信一诺会这样骂自己:"姑娘,你再重复一遍!"

　　"从我们家滚出去!"一诺愤怒的眼睛里充满了血丝,她的脸上充满杀气。

　　看着已经疯狂的一诺,大姑拉起坐在沙发上的二姑和小姑:"走,我们走。"

　　说着,3个人灰溜溜地消失在了门外。

　　一诺的情绪突然爆发就连她自己也没有想到。她甚至完全忽略了在一旁的父亲的感受。

第十六章
/ 一诺的成功模式

这件事发生过后很长一段时间，一诺一直在纳闷，自己的父亲当时为什么没有态度？他到底在心里是怎么考虑的呢？

经过半年的治疗，妈妈的病情仍不见好转，一诺向公司请长假照顾妈妈，由于化疗的原因，妈妈胃口很差，精神更差。一诺每天跑医院，送饭，几周折腾下来，已经处在崩溃的边缘，精力和财力同时都面临着严峻的考验。

一天，一诺去超市买水果，顺便去银行查了一下余额，情况不容乐观。

就在她赶回病房的时候，见到三个姑姑并排坐在妈妈病房外的椅子上。一诺惊讶她们来医院干什么，大姑看着一诺说："孩子，咱不怕，有病就治，这是钱。"说着，她一把拉开怀里的书包，里面装满了钱。

大姑的话虽然简短，但是一诺的眼睛一下子就湿润了。从那一刻开始，她彻底放下了多年来与姑姑们的宿怨，这时候让一诺觉得还是一家人。

一诺在这样的家庭中经历人情冷暖、跌宕起伏，所以她格外珍惜人性中的善。一诺和谭晓说："我从不贪心或奢望拥有真正的爱情。爱只能始于爱，是灵魂上的吸引而不是满足需要，始于欣赏而非欲望，可遇而不可求，顺其自然，有无皆可。"

这就是一诺的爱情观。

谭晓第一次到云南大理，她住在洱西一家叫"绿社"的民宿。谭晓没有意识到，这一次的云南之行会彻底改变她的生活轨迹。

在这家民宿，谭晓的住宿体验是在以往的旅行经验中从来没有的。

老板姓张，人很谦和，有留学背景。在"绿社"吃饭就像在家里一样，都是老板自己下厨，没有精致的菜单，但是饭前会大概沟通一下。基本上是按照厨房里的食材储备来订餐。

中午吃饭时，老板告诉大家："我们夫妻俩不久前专门租了一亩地，用来种菜，我们现在吃的菜都是亲手种的。"

谭晓一听很兴奋："太绿色了！"

张老板说："其实，种菜也没有想象的那么好玩。"

"又来啦。"老板的妻子在一边笑。

张老板的妻子是潮汕人，天生丽质，也很有修养。似乎感到张老板要出自己的丑，此时一脸的害羞样子。

"那天，我和我妻子换好了防晒服，来到菜地除草，用我妻子的话说，她要跟土地来一次亲密接触，结果没干半小时，就都被太阳晒趴下了，最后落花流水地提着一篮子草往回走，租给我们地的农民看见就笑我们，我问他笑什么，他说，你们除掉的全是刚长出来的菜，一根野草都没有除。"

全体房客笑得前仰后合，张老板接着说："昨天，我妻子又在换工装，我看她在抹防晒乳，刚想溜就被她叫住：'别走啊，

第十六章
/ 一诺的成功模式

咱们今天不穿鞋,让我们的脚去和土地来一次亲密接触吧。'我心说你去亲密接触吧,那就不是我们能干的活。"

又是一阵爆笑,谭晓注意到平时看上去还挺严肃的张老板,在讲故事的时候还真有一些童真呢!

回到房间,谭晓迫不及待地发微信告诉一诺:"这里太好了,快来。"

张老板夫妇的民宿理念是"民宿的生活方式就是我们的生活方式"。如果你选择了"绿社",就等于选择了他们的生活方式,从你入住的那一天起,你将和他们一起共同享受田园般的生活,包括整个"绿社"内没有电视,没有电话,没有商务服务,"绿社"仅仅提供免费的 Wi-Fi。

在"绿社"居住是有趣的。你要是有兴趣也可以申请下厨做饭,每次吃饭,只要有什么高兴的事,张老板就会把自己珍藏的酒拿出来与大家分享,他最喜欢说的话是"这都是我从国外背回来的"。

第二天,张老板的朋友来这里玩,谭晓认识了一位新朋友,他是居住在大理古城的张医生。第一次见到张医生和他的妻子,谭晓就喜欢上他们这个家庭了,张医生夫妻俩给人一种亲切感,就像是老朋友。

几天后正好是周六,很多人来"绿社"玩德州扑克。为了能让更多的人参与其中,谭晓被张老板推举为荷官,司发牌之职。每一次的赢家都需要把自己所赢的钱,按照一定比例给荷官发辛苦钱，具体多少完全在于赢家的心情。这样的娱乐活动几乎隔两天就会组织一次，在谭晓看来，自己不是住进了一家旅馆，而是融入了一个家庭，同时也融入了张老板的朋友圈。这种体验对谭晓来说是新奇的，她觉得在大城市，人际关系是遥远的，而在这里不是。

玩过几次后大家都熟悉了，谭晓才知道张医生是上海人。谭晓十分好奇："你一个上海人为什么拖家带口来大理开诊所呢？"

没等张医生开口，张老板对谭晓说："这可说来话长，让张医生跟你聊一下他的传奇故事吧。"

只见张医生笑着挥挥手，似乎很谦虚的样子。其他的朋友这时候就起哄让张医生喝酒，

在碰杯的时候，你一言我一语，看似对张医生说，又像是对谭晓说："如果你不能改变，估计下次约你的时候，我们要到怒江或者医疗条件更加艰苦的偏远地区去找你了。"

"什么情况？"谭晓一脸蒙。

朋友还不忘开玩笑地恐吓张医生的妻子："你要做好精神准备哦，到了怒江，就没有我们这帮朋友一起玩啦。"

张医生的妻子笑着说："无所谓，他去哪儿我就去哪儿！"

谭晓对这个张医生的经历实在是太好奇了。

第十七章　张医生的魅力

谭晓在大理最突出的感受就是，这里的天气比北京要好很多。自从谭晓在"绿社"见过张医生，他们就互相加了微信，张医生夫妻俩也经常约谭晓到古城他们的诊所去喝茶、聊天。那天是周六，谭晓专门请他们两个出去吃火锅。

火锅店开在相对安静的十字路口，装修是川西的建筑风格，开得很低的窗口直接毗邻人行道，微风徐徐，十分惬意。张医生本是上海人，但吃起火锅来一点儿不像是个南方人。

"你一个上海人怎么这么爱吃辣椒？"谭晓好奇地问。

"我很早就从上海医科大学毕业了，当时因为我是高材生，让我留在上海一家三甲医院任职，开始我特得意，但是没有两年就受不了了。"

"为什么呀？现在留在上海那么难。"

"我主要是不习惯医院的绩效考核。"

谭晓觉得奇怪，难道不是全国的医院都这样吗？但是，张医生认为当下医院对病人的过度医疗已成为常态，绩效成为一个医院最根本的考核标准，这更加剧了日益紧张的医患关系。"所以我心生倦意，恰好这时医院有一项公益活动，支援云南迪庆的地方医院，于是我就果断报名前往。"

谭晓觉得张医生虽然毕业多年，但是仍像一个学生一样豪情万丈。"哇！太佩服你的勇气了。"谭晓眼里不由得露出敬仰之情。

张医生笑了，说："其实我也没那么高尚，在迪庆，医疗条件落后，然而医患关系淳朴，患者对医生充满信赖。"

谭晓恍然大悟："啊！你不会就是因为这个跑到云南来的吧？"

"猜对了，我喜欢这种淳朴的关系。于是，就辞去了上海的职位，毅然决然地落户到迪庆县医院，而且很快就成为那个医院的外科一把刀。"

张医生一边吃着火锅，一边风轻云淡地说着自己的经历。但是，谭晓听到的内容却犹如疾风暴雨。

说到这里，张医生的妻子以戏谑的口气讥讽张医生："他就是太理想化了，完全不顾生活的现实情况。"

张医生吃得高兴，他给谭晓介绍说："我老婆，就是我在迪庆县医院钓到的，你说我该不该来？"

第十七章
/ 张医生的魅力

谭晓接过张医生的话说:"嫂子一定是医院的院花。"

大家都笑了,谭晓建议:"为了院花共同举杯。"大家一饮而尽。

其实,除了张医生的妻子,他的朋友们也会经常嘲笑张医生,但他们都是为了张医生好。果然,没过几年,张医生就发现迪庆的县医院变得与上海的大医院一样了,医患关系也开始紧张起来,甚至更加恶劣。

医院开始实行绩效考核,完全不看治病效果而是注重医生的创收能力。张医生很快就厌倦了这样的医疗环境,他带着妻子来到了大理。

在大理,张医生从公立医院跳槽到私立医院,他在私立医院仍然不能满足自己的理想,于是又从私立医院跳槽到合资医院。

用张医生的话来说,天下乌鸦一般黑。

谭晓觉得眼前的这个张医生简直就是一个现代版的"堂·吉诃德"。他不计后果,不畏现实,生命不息,跳槽不止。

他是一个彻头彻尾的浪漫主义者。谭晓觉得世界上怎么会有这样的人呢。

在大理居住不到一个月的时间,谭晓和张医生成了无话不说的朋友。他们经常一起喝茶,谈各自的见闻和理想。

谭晓已经和张医生混得非常熟了,又一次谭晓好奇地问张医生:"以你目前的处事方式,作为一个医生,你靠什么赚钱呢?"

这个问题困扰了谭晓很久了,因为她认为医院不就是要赚钱的吗?不然给医生怎么发工资?所以,她问张医生:"我想知道以你的理念,和医院看上去势不两立,完全冲突,那你要怎么生存?"

张医生说:"我的行医理念是,在我现有的医疗条件下,我只给患者最恰当的治疗。我从来不会给患者开出一整瓶或一整盒的药,每一次我的处方上面,用药单位都是以天计,或以颗计的。我认为一般最多开一周的药就足以了。"

听到这儿,谭晓感慨颇多,心想:这不就是传说中的菩萨嘛!

张医生看出谭晓的内心活动,他笑着说:"告诉你个秘密。在我这里浪费最大的就是药品,因为用量不多,很多药是因为过期了而被我扔掉的。"

谭晓说:"虽然我不认识医生,但是,你是我见到的第一个令我敬佩的医生,像你这样的人太少了。"

对谭晓来说,张医生、"绿社"的老板以及很多居住在这里的人,都有很特别的人格魅力。所以,谭晓决定移居大理生活,她实在是太喜欢这个地方了。她打算再回北京,一定要说服一诺,带她来看看。因为谭晓相信,一诺也会爱上这里。

但让谭晓没有想到的是,在她四处打听房源的时候,她在"绿社"张老板那里碰到了一个西安的朋友,而这个朋友改变了谭晓的所有想法,确切地说,谭晓的人生轨迹因此而彻底发生改变。

第十七章
/ 张医生的魅力

一天,"绿社"的张老板请大家到镇上去吃烧烤,回来的时候,在"绿社"门口遇到了一个朋友,张老板直接请他一起到自己家喝茶。

聊天的时候,张老板对谭晓说:"你不是在找房子吗?你看看老吴那里怎么样?他的房子就在咱'绿社'对门。"

谭晓看着那位老吴问:"你有房子要卖吗?"

老吴笑了:"不是有房子要卖,是有院子要卖,你要是有兴趣,咱们私下聊。"

后来听张老板介绍,谭晓才知道,这位老吴常年居无定所,他的生活理念就是不买房,开着车四处漂泊。有工作时把车就近一存,坐飞机就去工作的地方,工作一结束又飞回原点,开上车继续漂泊。真是神仙过的日子。

"怎么又在大理买院子了,不漂了?"这是谭晓和老吴约见的第一句话。

"原本以为漂到这里好像漂不动了,这环境好,空气也好,我就把这个院子盘下来准备养老了。"

谭晓环视这个院子,大概有300平方米,植被茂盛,鲜花盛开。唯一的不足就是缺少打理,显得有些破败。

老吴接着说:"住了1年以后,觉得自己还是个漂泊的命,停不下来,所以,院子经常没人住,也没人打扫。"

谭晓饶有兴趣地问:"你能告诉我客栈为什么叫'望长安'吗?"

老吴笑着说:"为了能定居洱海遥望家乡。我是个老陕,西安人。"

谭晓乐了:"原来是秦人。你这个院子签了多少年?一年多少租金?"

谭晓从进到这个院子的时候,心里就已经开始在盘算要把这里拿下做民宿。她觉得这个院子太符合她的想象了。这改变了谭晓仅仅租个房子的想法,她希望继续回归自己所熟悉的民宿领域。

老吴观察谭晓的心思,也猜出了几分。

老吴说:"我这个院子是最后一个临海的院子,面积合适,没有比这个院子再大的了。当时我拿下这个院子的时候都找到了副县长,说实话,我才用了30万的年租金把它盘下来,一共签了20年。你要是想要,看在张老板的面子上,我原价转给你怎么样?"

"不行不行,太高了,我没有那么多钱。对了,到现在签几年了?"谭晓采用守势。

"还不到2年,你要的话还有18年整。"

"院子不错,但是确实太贵了,别的院子一年也就是你的一半。"

老吴急了,说:"那你要看是什么院子嘛,它不能看到洱海吧,没有我这儿大吧。"

谭晓觉得继续谈是谈不动了,她说:"咱们今天都不要做决定,我们想一想,过两天再谈。"

第十七章
/ 张医生的魅力

一说不谈生意了，老吴一下子轻松了很多，他热情地为谭晓沏茶，大家聊起了大理古城的历史。

说到历史，谭晓忽然灵光一闪，她对老吴说："我忽然想到了一个典故，和你的这个'望长安'有关。"

老吴一听和"望长安"有关，一下子来了精神，他目光炯炯地看着谭晓。

谭晓说："在典故里，司马懿问5岁的儿子：'你觉得长安离我们远，还是太阳离我们远？'他的儿子回答：'当然是太阳离我们远。我只知道有人从长安来，却没有听说有人从太阳来。'"

老吴觉得这个孩子还挺聪明，不觉地夸赞道："你看人家名门后代就是聪明。"

谭晓接着讲："司马懿高兴极了，觉得自己的儿子太聪明了。他为了向大臣们炫耀一下自己儿子聪明，就当着许多大臣的面再问了一次这个问题：'你觉得长安离我们远，还是太阳离我们远？'这一次儿子却回答道：离太阳近，司马懿听后一怔，问他为什么呀？儿子回答说：因为我抬头就能看见太阳，却看不到长安，孩子的回答震惊了司马懿，此时，在场的老臣们不禁想起幽幽往事，潸然泪下，因为他们大都从长安南渡而来，很久没回故乡了。"

"哎呀，这个典故绝了。"老吴激动得站起身，原地踱步。

谭晓笑着说："如果最后我能拿下这个院子，我就把大门开在院子的东北方向，从大门出去向东北行进，穿过洱海，越过崇

同年同月同日生

山峻岭，在不远的地方就是长安。"

老吴激动地拉住谭晓的手："你真是太懂我了。"

谭晓趁热打铁："如果你把年租金降到15万，我就保留你这个'望长安'的名字，而且，我会为你预留一间客房，不管你什么时间来，这里都有你的房间，而且免费。"

老吴听了泪眼婆娑，感动不已，拉着谭晓的手，激动得就像是见到了亲人。"我跟你签，明天咱们就签约。"

就这样，谭晓毫不犹豫地与对方签下了18年的承租合同。

虽然，谭晓在大理的时间不长，但这里的所见所闻，在她心里引起了巨大波动，新的生活强烈地冲击着谭晓的世界观，她决定必须要找一诺谈一谈了。

10天以后，她带着完整的民宿计划匆匆回到北京，谭晓的目的只有一个，说服一诺来大理和自己共同打造一个家，一个能承载幸福与快乐的家。这也是为了圆她们儿时的、从没有实现过的梦想。

谭晓这次的云南之行让她发现了一个问题，和大城市齿轮般的生活相比，大理就是一块世外桃源。说服一诺和自己到大理生活，做一个大理的新移民。

与一诺见面的当天，谭晓并没有马上说出自己的计划，她首先关心的是一诺眼下的婚姻状况。

谭晓对一诺说："我们终其一生的努力，就是为了摆脱原生家庭带给我们的负面影响，从而找到最好的自己。"

第十七章
/ 张医生的魅力

一诺听谭晓说了许多大理的人和事,也感觉到一种清新的空气扑面而来。

谭晓告诉一诺,在大理,任何人都可以放空,可以疗伤,可以反省,也可以接纳和被接纳。

最后,谭晓对一诺说:"我每天早上5点半醒来,眼睛呆呆地望着窗外呈现出的淡淡灰蓝色。一般这会儿风就停了,透过一排树木,可以看到远处的洱海平滑如镜,它正等着太阳爬上山来。这就是我为你准备的房间看出去的景象。"

一诺被彻底打动,她何尝不想能有这样的一天,能够在洱海边呼吸并且看日出呢?

但是,就在一诺开始动摇的时候,她家里发生了新的变化,而且这个变化一下子就把一诺刚刚燃起的热情之火给扑灭了。

第十八章 人生的选择

一诺已经习惯了自己和胡老师形同虚设的夫妻关系，以前她之所以能够接受这样的关系，全都是为了女儿点点。直到谭晓这次回来和她谈到了大理的移居计划，一诺10年来的坚持终于开始动摇了。

让一诺没想到的是，就在她已经被谭晓描绘的大理移居计划打动，并且准备和谭晓移居大理开始新生活的时候，胡老师变了。

胡老师的这次改变是自他们结婚以来最脱胎换骨的一次。这次改变深深触动着一诺。

早晨，如往常一样，胡老师开着车送一诺去上班。大街上阳光明媚，树影婆娑，胡老师看上去心情很好。他一边开车一边对一诺说："老天还是公平的，像你这样的人是该让你挣些钱了。"

第十八章
/ 人生的选择

确实，最近一诺的生意大有起色，订单应接不暇。但是，一诺仍然以为产生了幻听，毕竟这可是胡老师第一次夸人。一诺有些激动，她问道："你是不是在夸我？"

不用胡老师回答，一诺确认他刚才那句话是发自内心的。一诺接着说："你能再具体地夸一下吗？"

胡老师说："我是说你这些年受太多苦了，是该挣大钱了。以前都是我不好。"

10年了！一诺忽然觉得自己这10年的忍耐和包容，此刻一下子变得有价值了。

一诺还意识到，胡老师在欣赏别人的同时，说明他已经可以接纳他自己了。想到这里，一诺的眼泪不由自主地顺着脸颊流了下来。她不好意思地把头转向车窗外，任凭早晨的风迎面吹拂在脸上。一诺知道这是欣慰的眼泪，为了这一天，她苦心等待了10年。

不知道为什么，看到胡老师今天的心情格外好，一诺竟然升起一种怜悯之情。她想到了胡老师的童年遭遇，忽然有一种想哭的冲动。

胡老师在小学的时候，还是一个学霸，每个学期他的学习成绩都名列前茅。但是，在母亲的眼里，他是母亲在重组家庭中的精神依赖，他承载着他们母子未来的希望。所以，只要胡老师的学习成绩稍有下滑，就会遭到母亲全族人的声讨，每一次声讨都由舅舅主持，外公列席，母亲负责发言。胡老师跪在地上，被家族长者环绕在中间，母亲讲话的主要内容就是胡老师今天的成绩对不起父母、对不起家人、对不起爱他的所有长辈。天呐！这种以爱的名义反复地切割一个幼小的心灵，对一个孩子来说是终生难忘的痛苦。

在这种简单粗暴的教育环境里，胡老师被成人认可的正面形象压迫得过于持久，对一个孩子来说，他的心理负荷早就超限了。没有人意识到这一点，更不可能有人帮助胡老师减轻这种压力。

所以，当他小学毕业上初中的时候，幼小的心理终于被彻底压垮了。他完全丧失了对学习的兴趣，丧失了对所谓优秀的向往，对他来说，优秀是件痛苦的事。

一诺是在他们结婚以后，才逐渐了解胡老师儿时的经历的。一诺也曾经和胡老师讨论过他的母亲，母亲对他的失望来自对他的人生设计和投入，投入越多失望就越多，失望越多就越不能撒手，就像是股票被套牢一样。一诺那时就意识到今天的结果源自当年种下的因。这种因果关系他们必须面对。

汽车在路口左转弯的时候差点儿撞上一个快递小哥，瞬间的惊吓把一诺从回忆中拉回到现实。她用手不经意地抚摸了一下自己的脸，眼泪已经被吹干了。

面对今天胡老师的改变，想到自己一直保护的那个所谓的"完美家庭"现在似乎就在眼前。在这一刻，一诺觉得不能放弃这个

第十八章
/ 人生的选择

目标,她决定留下来让这个眼前的幻影变为现实。

一诺送谭晓走的前一夜,告诉谭晓:"做一个有特点的民宿也是我的理想。"

谭晓说:"一个即将诞生的民宿等着你和我去共同打造,你能和我一起去大理,我太高兴了,一想到我们移居大理我都睡不着觉。"谭晓高兴得手舞足蹈。

谭晓开玩笑地说:"我已经看出来,你最大的本事就是面对任何人和事物,都可以理解和包容,做到情绪无波动,佩服!"

一诺说:"事不关己,关己则乱。我也曾渴望过爱,所以才会有情绪。我也经常在反省自己。"

谭晓说:"你已经做得非常棒了,不要对自己那么苛刻。"

一诺感叹道:"曾经渴望被爱,后来都被我压抑没有了。现在这种渴望还有没有,我需要思考一下。但是,我的内心世界很富足,虽然我没有爱情,但是我有爱。"

面对名存实亡的婚姻,一诺觉得是该放手的时候了。此时,一诺感慨万千。

时代发展实在是太快了,一诺和谭晓一同搬进小镇的白领楼已经有5年多的时间了。居住环境的改变有时候是不知不觉的,但是小镇的小户型楼盘日渐衰落更是显而易见的。

这个楼盘是为"八〇后"年轻白领设计的,考虑到大家可能装修精力有限,所以都是精装修,拎包入住。一开始,楼里的年轻人相处融洽。大家自发地组成了很多爱好群，比如足球群、羽毛球群、户外垂钓群、长跑群以及舞蹈群等。下班后，大家的业余生活可谓是精彩纷呈。

但是随着时间的推移，年轻人的家庭问题也就逐渐暴露出来，住在楼里的"免装修群"很多都离婚了，就像是中了咒语一般。有人把这一现象归咎于风水，也有细心的人总结出了一些规律，认为"八〇后"都是独生子女，独生子女的人格缺陷才是导致离婚这一普遍现象的原因，独生子女一切都以自我为前提，如果这时候再加上一两个没有智慧的父母，那原本比较简单的夫妻关系瞬间变成了由母亲（或父亲）加入的三角关系，这样的家庭关系最终一定会走向解体。

所以，白领楼如今已是七零八落，最后，连一诺都感到自己周围的生活环境已经开始破败。而这个时候，面对谭晓大理的移居计划，一诺当然是很动心的。

看着从大理归来的谭晓，一改往日的颓相，一诺也好想去被大理治愈。一诺开玩笑地跟谭晓说："你个没心没肺的东西，大理让你这么开心呐！"

谭晓回答道："我的快乐是建立在没有找到新伴侣的基础上。"

说者无意，听者有心。一诺听着谭晓的话有很大的触动。她觉得生活状态的不同竟然在生存感受上有这么大的不同。

胡老师的改变，彻底摧毁了谭晓这些日子劝说一诺移居大理

第十八章
/ 人生的选择

的成果，这让谭晓非常绝望。她决定要告别这个城市，独自去追随自己的诗和远方了。

"望长安"位于洱海西侧的一个小渔村，这里的原住民基本都是白族。谭晓的民宿工程已经开工了，所承接改造的施工队基本都是由白族青年构成。在土建阶段，谭晓仔细地告诉包工头每一个镶嵌式窗户的预留尺寸，包工头都认真地在墙上写下具体开口尺寸。结果等到预制的窗户运抵现场时，却发现所有的预留尺寸都偏大，谭晓气得马上找来了包工头，一顿劈头盖脸的责骂。包工头态度特别诚恳，他说预留大一点儿就是害怕万一小了装不进去怎么办。谭晓顿时无语。

土建改造过半，各种线路已经挖槽埋好。一天，谭晓让装镜框的工人在一面墙的正中打几个膨胀螺丝，没想到一下子钻到电线，火花四溅，造成短路，谭晓纳闷了，这面墙的正中心怎么会有预埋的电线呢？她再一次把包工头找来："这是怎么回事？"

包工头委屈地解释说："之所以没有按照常规让电线贴墙边走直角，就是考虑到走对角线能节省电线啊。"

苍天呐！谭晓听罢恨不能一口鲜血吐在地上。没办法，你在这里装修，就要理解这里的施工人员。

远在北京的一诺并不知道谭晓遭遇的窘境。

她按照设计给谭晓出图纸，选定装修材料。一诺居然还可以遥控到大理的装修市场，在大理本地找到物美价廉的材料。

虽然一诺不能和谭晓一同去大理，但是，在北京的一诺几乎把绝大部分时间都花在了她们的这个民宿项目上，她对每一处细节都精益求精，闺蜜俩一个在北京，一个在云南，通过电脑，她们共同打造着属于自己的理想家园。

"望长安"在洱海边慢慢成型，逐渐长大。一个带有强烈个人特征的、设计时尚、装修考究的民宿在洱海边拔地而起。

虽然进入冬季，但在大理，依旧能够感受到温暖的太阳与和煦的风。

一天，谭晓收到了一诺的微信，内容很长。

"前几天我体检了，检查结果不理想。这几天我忙于调整今年工作的安排和生活，争取年后可以换种活法儿。别担心，能治是病，不能治是命。人这一生，凡事都竭尽全力，而后顺其自然，尽人事听天命。"

天呐！谭晓感到事情不妙。虽然"望长安"离不开她，但她的心思已经全然不在这里，她每分每秒都在担心着一诺。

时间过得极快，谭晓离开北京去云南已经快半年了，此时的北京已经有了冬天的寒意，城市里的街道上，人和车一天比一天减少，虽然多了几分舒畅，但是一诺感到整个城市添了几分伤感。

下午，一诺拿到了自己的体检报告。算起来一诺有5年都没做体检了。不是一诺不愿意做，而是她实在没有时间。这些年一

第十八章
/人生的选择

诺始终处在精神高度紧张的状态，虽然身体早就疲劳了，但是大脑却丝毫未觉察到。

当一诺拿到体检报告单的时候，她被检查结果惊呆了，自己被确诊为淋巴癌，幸运的是发现得比较早，治愈的可能性还很大。

一诺拿着体检报告并没有回家，她无意识地走到了街心公园，她不知道自己在想什么，也不知道在公园坐了多长时间。虽然今天的阳光非常强烈，照在身上暖洋洋的，但是一诺觉得浑身由里到外的寒冷。不远处的大街上车水马龙，她的世界却四周寂静无声。忽然，一诺觉得该回家给点点做饭了，这才匆匆起身回去。

一诺在这半天的时间里一直都在反省自己，她知道一个人身体再疲劳都不会导致死亡。但是，如果一个人总是忧心忡忡，无法开怀，早晚是要出事的。

一诺想到自己这10年来的付出和得到，她在自己命悬一线的时候，忽然悟到一个道理，那就是一定要在新的一年里，为自己好好地活一次。

不能把生命浪费在别人的错误中了，这时候她想起了谭晓和她告别时说过的话："不要再无谓地消耗自己的生命了。"

此时的一诺深深懂得了"消耗"两个字的含义。她觉得如果自己能早一点儿觉悟的话，也许结果就不是这样。人的生命只有一次，还有什么比珍惜生命更加值得去做的呢？

一诺没有时间了，一诺的生命已经到了需要每天用尺子丈量的程度。

"我现在的身体变得很弱,一点儿风吹草动,就足以使我躺下。我今天被确诊患淋巴癌,若其他指标正常,尚可手术。我的免疫系统疾病本已很重,如果需要做放化疗将会对我影响很大。医生观察我身体的炎症也担心我的淋巴肿瘤已经转移了。当然也不排除其他的可能。"

这是一诺在微信里回答谭晓对自己身体近况的详细追问。

听到这样的消息,谭晓被吓坏了,反倒是一诺在安慰谭晓。

"以前我很自信这些疾病离我应该还有 10 年左右的时间,但是从现在的结果看,好像今年就铺天盖地地来了。我的身体垮得比预想要快,我的生活必须要变化了,现在我所有的方向和举措都是为了爱惜自己,希望来得及。"

第十九章 "爱"是伤害的有效手段

一诺觉得是时候找胡老师彻底沟通一次了。她拿着自己的体检结果，觉得不能再拖下去了。

就在一诺的人生开始觉醒的时候，胡老师也终于开始走向成熟。经过这些年的坎坷与失败，胡老师在自己人生的沉浮中慢慢成长，他开始理解一诺，懂得她的辛苦，具备了与妻子共情的能力。这一点又让一诺有点儿心痛，不是因为舍不得，而是心痛他觉悟得太晚。

一诺觉得我们已经到了覆水难收的地步，是该快刀斩乱麻，与自己不堪的生活告别了。在如今社会中，传统的以男性为主构成的夫妻家庭已经不是唯一的家庭关系了。一个女性只要经济独立、思想独立，就完全可以有更多的选择。如果你恰恰不善于处理夫妻关系或者家庭关系，那么你可以选择单身或者与自己志同道合的人共同生活。这一切都无关乎性别。

夜里，一诺与胡老师正式谈论离婚这件事。出乎意料的是，他们的谈话是那样平静、理性，甚至有一种默契。

当一诺把自己的想法平静、清晰地表达出来之后，两个人陷入了沉默。很长一段时间的沉默，就像是时间凝固了一样。最后，还是胡老师先开了口。

"还记得吗？几年前我曾经和你提出离婚，那时正好是你母亲生病的时候。"

"记得，后来你怎么不了了之了？"一诺看着胡老师。

"也许是自己穷怕了，出于对经济利益的考虑，我觉得当时提出离婚就是害怕你救母心切，怕你卖房救母。那时候提出还可以落下一半的房产，不至于两手空空。"

一诺看着胡老师，没有一点儿愤怒。此刻她充满了对胡老师的怜悯，她知道家里所有的财产都写在自己名下，胡老师当时这样想也在情理之中。

到了这种时候，一切都看通透了，全部的伪装都可以放下，人也就坦然了。

"那你为什么后来又不再提了呢？"一诺记得当自己答应了胡老师离婚的请求，并且给了胡老师应有的利益后，胡老师却没有了下文。

第十九章
/"爱"是伤害的有效手段

胡老师苦笑着说:"你答应离婚,也承诺把车给我,还让我有一套房子住,我当时就觉得没有必要再提离婚,因为我的担心也不存在了。"

是啊!当时一诺不但答应给胡老师一辆全款车,一套房子。这已经是一个孩子母亲能够做出的最大牺牲了。正是因为一诺有这样的胸怀,胡老师才觉得跟着妻子有一种安全感。

今天他当着一诺的面儿,坦白自己当时的内心活动,说明至少他已经可以开始面对自己了,他对一诺说:"我以前的表达方式都是自我保护式的。基本的调子是冷色调,抑郁和自卑压垮了我自己。这些年来,你对我的包容和忍耐让我学会了很多,谈不上是成长,但是我自己觉得我已经开始变化了。当然,我的这些变化用了将近10年的时间,耽误了你太多的时间。"胡老师的话是诚恳的。

是啊!一诺心算了一下,10年对一个人来说是多么宝贵的啊!这10年应该是人生中最具活力的10年,在一诺看来,一个人的一生就是这最具活力的10年。

一诺最后对他说:"所谓的包容,我觉得我没有那么强大,每个与我有交集的人对我影响都很大,我只是不断地训练自己能够透过现象看本质,这已经成为我恒定的思考方式。"

那一天,在他们谈话结束的时候,一诺的婚姻也就此正式宣告结束了。

在一诺的婚姻当中,有太多的隐忍、太多的坚持和等待。但是，一诺最终还是选择了自己想要的生活方式，正如她和谭晓说的那样："我没有太多的时间去消耗自己了，即便是我犯的错误，时间也是有限的。就如同一棵大树一样，掐头去尾，真正充满生机的时间就是中间那几年，如果你不能在这几年中修得正果，那你这辈子就过去了。"

所以，尽管一诺已经看到了胡老师的人生有了改变，为了这种转变，一诺甚至曾一度放弃了对自己新生活的追求，但是，胡老师的这个改变太慢、太难，也来得太晚，所以正如谭晓告诉一诺那样："不要无谓地消耗自己的生命了。"

一切都已经不能改变了。

一诺答应两天之内，自己搬出去，把房子留给胡老师和他的父母。对没有北京户口的胡老师来说，这比什么都暖心。

因为不再是婚姻关系，他们彼此变得更包容、更和谐。胡老师自嘲地对一诺说："我 11 岁的时候，非常渴望两样东西。"

一诺好奇地问："是什么？"

"猪肉与自由。"两个人都笑了。

胡老师说："先说猪肉，在我儿时的记忆中，如果家里要开荤，母亲会提前一个月预告，就像现在那些吊足胃口才上映的大片一样让人期待。再说自由，继父由于没文化加上粗暴的性格，他不允许我离开坝子，一个不足 50 平方米的坝子，我被限制不能随意出去玩耍，就像是唐僧给孙悟空画个圈儿一样，你能想象吗？如果我偷着出去玩，代价就是一顿暴揍，我的左耳就是这样聋的。"

第十九章
/"爱"是伤害的有效手段

一诺好奇地问:"既然他不是你的亲生父亲,又如此对待你,让你落下终身残疾,我就不明白现在的你,为什么与他关系好过你和你母亲的关系呢?这一点我一直不理解。"

胡老师和母亲的关系确实有些别扭,在一诺的眼里,胡老师从小被母亲带大,难道和母亲的关系还不如跟继父?而且这个继父还对他那样粗暴。

第二天吃早饭的时候,一诺亲眼看到了胡老师和自己母亲的一场交锋。

母子双方"战争"的起因是胡老师在县城里买了套商品房,他的母亲非常不爽,在吃饭的时候质问胡老师:"你为什么不在房产证上写我的名字?你不是说是给我买的吗?"

让一诺惊讶的是,胡老师一下子爆发了,他把筷子摔在桌子上,对着母亲吼道:"给你买房子不是因为你需要,而是这样你就没有理由住在我这里,这样我就可以看不见你,眼不见心不烦。"

这样的话是非常伤人的,就连一诺都觉得说不过去,你即便是有天大的理由,这样对待老人都是太过分了。只见胡老师的母亲看着儿子,居然一句话都说不出来。

结果中午不到,胡老师的母亲就住院了。他妈妈一病不起的原因正是扭曲的母子关系。一诺有生以来听到的最恶毒的话就是胡老师最后对母亲说的话:"我不写你的名字是因为我就是盼着等你死的那一天。"

如果说不是自己亲眼所见、亲耳所听，一诺怎么也不能相信这是真的。这样的母子关系的确让一诺难以理解。但是，当你了解了他们曾经的过去，了解了胡老师的童年，似乎又可以理解他们今天的关系了。

胡老师的母亲叫谭艳，他的母亲生在一个大家族中，人丁兴旺，因为胡老师的父亲早年因车祸而亡，留下孤儿寡母过日子，没撑两年就为生活所迫改嫁他人了。

在整个胡家人的眼里，这母子俩就是烫手的山芋，家族很快就将这对母子抛弃。既然已经改嫁了，那就可以名正言顺地把他们母子俩与胡家的联系割断，所以，母子俩自然也只能回到母亲的谭氏家族寻找依靠，这就是现实的农村家庭关系。

谁都看得出来，谭家人对谭艳嫁给吴老二是有一种难言之隐的，曾经那个远近闻名的美人如今被一个丑陋的吴老二糟蹋着。在每一次家庭批判会上，成年人的目的就是要让孩子为母亲的牺牲感到自责，感到羞耻，最后要让小孩子从心底感到这个巨大的牺牲就是因为自己。而母亲谭艳也逐渐地在不知不觉中，真的会把自己人生的不如意与自己未成年的孩子联系起来，似乎这就构成了一个理所当然的因果关系，但这一点对这个孩子来说是极为不公平的。批斗会上，还必须要胡老师说出令人信服并且是深刻的检讨才能让他站起来。可以想象，这对孩子来说是一种什么样

第十九章
/ "爱"是伤害的有效手段

的体验。

实际上,当时在选择婚姻人选的问题上,谭家是经过深思熟虑后集体做出了最有利于家族的决定。表面上说是对谭艳最好的选择,实际上让家族既摆脱了一个沉重的生活负担,又把这母子俩成功地推了出去,至少他们能够自食其力了。

人就是这样,解决了现实问题之后,还会有进一步的奢望,胡老师虽小,但他是谭家的子嗣。所以,胡老师能否成才,就是谭家最关心的,这关乎家族的面子。

自从胡老师上了小学,他的学习成绩只与家族的虚荣心有关。所以,胡老师的学习是母亲谭艳与这个家族联系的唯一纽带。只要学习成绩下降几分,谭家人就似乎被伤害了自尊心一般。

谭家人在精神上一次又一次地给胡老师带去恐惧感,一次又一次地摧垮孩子的自尊体系,而更加深重的苦难是孩子要强迫自己进入觉悟状态,并且能够说出令人信服的没有觉悟绝对说不出来的反省的话,这才是对孩子幼小心灵最大的考验和折磨。

随着成绩的下滑,孩子也逐渐地被改变,整个初中阶段,他的笑容少了,看人的眼光也变得忧郁了。

即便一诺对他的童年比较了解,但是一诺仍然感到意外。除了意外,还有震惊,和他相比,一诺觉得自己的童年应该算是幸福的。

一诺深深地感叹:不知道有多少人的童年是在这样不堪的家庭中度过的!不知道有多少人的童年是被原生家庭烙上了一辈子

都洗不掉的烙印！

正如人们常说的那样：童年的不幸需要用一生去疗愈。

一诺知道，胡老师的童年就是这样被毁掉的。毁掉孩子一生的不是游戏、不是贪玩，而是父母的恶言恶语。

今天，一诺比任何时候都更加理解胡老师和母亲的关系为什么如此不堪了。但是，人性总是复杂的，让一诺没想到的是胡老师与继父的关系发展。这对看上去不共戴天的敌对关系，竟然演变得如此戏剧化。

事情发生在一诺和胡老师办完离婚手续后，胡老师在做饭的时候，不小心被摔破的碗划破了手指，结果怎么也止不住血。本来是一个不大的伤害，却暴露了胡老师身体的一个巨大的安全隐患。

胡老师的血小板重度缺失，已经到了十分危险的地步。医生嘱咐说：不要剧烈运动，不要有任何原因的出血。因为只要有出血的情况，就有生命危险。有一次，胡老师在家看电视剧，当看到剧中人物的遭遇和自己非常相似的时候，他难过地流下了眼泪。胡老师不经意地拿过纸巾，擦了擦眼泪，没想到纸巾上竟然是血红的。他当时就被吓住了，自己连忙跑到医院，一住就是一个多月。

第二十章 做最好的自己

原来，胡老师眼睛流出来的眼泪居然是血，这种情况也让医生吓了一跳。

经过仔细检查，医生觉得目前最大的问题就是要找到储备血源。一旦出现出血情况，最有效的抢救办法是输血。但是，胡老师的血型非常稀少，是人们常说的熊猫血，即 Rh 阴性血，这种血型在国内极其罕见。医院也联系了其他关联医院，结果储备血源很少。胡老师的直系亲属都检查过血型，也没有能够匹配的。

一次胡老师上卫生间，当他站起身后发现，自己的两肋出现淤青，最后经过医生的检查，确定是皮下出血。在没有找到充足血源的情况下，胡老师竟然要像一头大熊猫一样被小心地保护起来，不能想象这往后的日子还怎么过。

一天，胡老师的继父到医院来看他，因为胡老师睡着了，继父没有叫他，只是默默地坐在一旁等了两个多小时。当胡老师醒来的时候，看到小桌上放着香蕉和苹果，便对继父说："你来多久了？我都没听见。"

继父木讷地看着胡老师说："没事，我在家也是待着。"说着，从口袋里掏出了一张皱皱巴巴的化验单说："看你妈整天发愁，问了才知道你需要找熊猫血，我也去查了一下，结果真巧，我也是熊猫血。"

胡老师简直不相信自己听到的，他急忙拿过化验单看了一下，果然在血型一栏写的是"Rh 阴性"。这简直太戏剧化了，胡老师有救了，救他的人不是别人，而是继父。

胡老师兴奋地对继父说："你怎么想起去做化验呢？"

"我看都去做了，我想万一对了呢。你看嘛，这不是对了吗。"继父轻描淡写地对胡老师说。

胡老师的内心一下子轻松了，原本心里的那种压抑和恐惧瞬间消失不见。从那一天起，胡老师和继父之间半辈子的恩怨彻底化解了。在胡老师心里有一个最大的理由就是：他还是把我看成自己儿子的，他感受到了如亲生父亲般的温暖。那些儿时的委屈，那些曾被限制的天性，甚至那只被打残疾的左耳，在这一刻全都化为乌有。

说来奇怪，从那一刻起，他对继父的这种好感牢固地生根在胡老师的心里，似乎从来都没有疏远过。胡老师都觉得奇怪，自

第二十章
/做最好的自己

己与继父的关系很快超过了他和母亲的关系。

记得有一本书中曾经这样写道:"孩子对于皮肉之苦是忘却很快的,但是对于精神的伤害却久久不能忘怀。"

再说,胡老师也感到累了,他已经不想继续控诉继父,不想继续把苦难的童年说给任何人听。确切地说,这种苦难的童年每说一次就是对自己的一次伤害。当然,也是对倾听者的一次伤害。他开始感到心累,开始意识到了自己的问题,此刻他只能对继父说一声:"抱歉"。

"你放心,以后有我在,你的娃就不会死。"这就是继父能说的最定心的一句话了。

胡老师有点儿感动,他还忍不住有些伤感,他觉得自己的感情生活太失败了。

自从谭晓知道了一诺的病情,她每时每刻都在担忧,眼看自己的发小和闺蜜遭遇到如此打击,而自己竟然一点儿都帮不上她,这让谭晓格外焦急。谭晓经常在夜里睡不着,觉得人生如此脆弱,真是病来如山倒啊。

与此同时,"望长安"就要竣工了。眼下就剩下一些软装工程。一诺的设计是超一流的,谭晓的施工质量又堪称完美,这座民宿就像是一个待嫁的姑娘,还没开张就成为大理远近闻名的网红店,已经有人开始预订了。

春节到了,谭晓觉得在云南过春节和北京是差不多的,除了看央视的春晚,就是和朋友一起吃饭。不同的是,大理的气候与北京完全不同,寒冬时节还是温暖如春,阳光的颜色就像北方的夏天一样发白、刺眼。即便是在冬季,除了下午会起点儿风,一般情况下都是风和日丽的。

大年初十的下午,洱海边静谧得像是一幅油画。一个城里模样的女人带着孩子来到了这里,她逢人就打听"望长安"客栈怎么走。

没错,她们就是一诺母女俩。"望长安"已经是这里的知名网红店,几乎没有人不知道它,所以,一诺很快就被指引到"望长安"客栈。

一诺终于告别了自己不堪的生活,她带着女儿点点跨出了人生大胆的一步。

一诺和谭晓在大理重逢了。这让谭晓非常意外。之前,一诺并没有告诉谭晓自己什么时候要来,她是想给谭晓一个惊喜。她们意外的重逢已经远远超出了惊喜,谭晓和一诺抱在一起的时候,眼泪抑制不住地流了下来。

"望长安"已经装修完成,正等待着开业。现在恰逢一诺来了,这简直是双喜临门。从一诺跨进民宿的那一刻起,谭晓就决定了"望长安"的开业典礼,就是为一诺准备的最隆重的欢迎仪式。

这一天是难忘的,一诺和谭晓比任何时候都要开心,谭晓为一诺专门预留了一间面朝洱海的大房间。她们坐在露台上,看着远处的洱海,任清风拂面。她们品尝着美酒佳肴,感觉到了久违的幸福。为了这一天，她们几乎花费了半生的努力。

谭晓喝了很多的红酒，若不是因为太高兴了，恐怕这会儿早就醉得不省人事了。她红着脸对一诺说："还记得我跟你说过的话吗？我的快乐和自由是建立在没有找到新伴侣的基础上，哈哈哈哈哈哈。"

一诺点点头，说："我的快乐是建立在对过去生活的割舍上。"说着两个人举杯共饮。

一诺说："你的寻找也是我的寻找，我花了很长的时间细细思考我的人生，我能接受这样的生活还要感谢你给了我勇气。"

很多文学作品，包括很多影视作品都在主张女性独立，可是在一诺和谭晓来看，女性独立为何要提出来？谁不是独立的灵魂？与性别有何关系？能够提出来就说明还没有独立啊！小宝宝是独立的，小蚂蚁也是独立的，在她们看来，今天的女性独立和幸福早就不需要依赖男性获得了。所以，如果你不善于经营两性关系，如果你在家庭关系中永远是痛苦的那一方，是无法自拔的那一方，那么你完全可以选择独立生活，独立生活照样可以获得幸福感。

一诺对谭晓说："现在我想清楚了，独立对我而言是自然而然的事情，相反不独立是让人费解并需要分析的事情。"

谭晓点头同意："这就是时代的变化，也是时代的进步。"说完喝了一大口酒。

一诺说："我原先婚姻的底线就是对孩子好，孩子需要在完整的家庭中幸福而健康地长大，现在孩子大了，情况不同了，我的婚姻观已经发生了翻天覆地的变化。"

谭晓说："我以前在学校是校花，一直被人追捧。参加工作后才发现，这些都没有意义。以前我特别在乎穿着，女人嘛，就像是雌性动物为了争取到雄性的青睐所做的一样。"

一诺笑着问："现在呢？"

"现在，我在着装上变得像你一样中性化了，对争取异性的青睐感到累了。当然我也有几套裙装，只是不常穿罢了。"

两个人在夕阳下，迎着洱海的风，面对涌动着的洱海频频举杯："来，为自由，干杯！"

从此，大理的洱海边上，多了一诺和谭晓以及她们的女儿点点这三位新移民。

这是一个新型的家庭，也是当地一道亮丽的风景线。

天色已近黄昏，点点被安排先睡了。一诺和谭晓兴味正浓，她们谁都不想结束。一诺端着酒杯，深吸了一口从杯子里弥漫出来的酒香，醉眼迷离地看着谭晓说："对待生命你不妨大胆冒险，因为你最终要失去它，生命中最艰难的阶段，不是没有人懂你，而是你不懂自己。"

"厉害呀！你简直可以称为哲学家了。"谭晓发自内心地感叹。

"这不是我说的。"一诺冲谭晓笑了笑。

"啊！是谁说的？"

"尼采。"

夜幕中，"望长安"的露台上始终灯火通明。

"望长安"的旁边，有一所乡村味道很浓的小学，叫"才村完小"。就在这所小学，一诺的女儿点点开始了她散养式的乡村学习生活。与大城市的同龄孩子相比，点点算是无比幸福的了。这里的环境是背靠苍山，面对洱海，这里的人日出而作，日落而息，完全是乡村田园式的生活。

从此，点点告别了奥数班、钢琴课和音乐班，不用家教到家里补习，更不用放学以后到家教家里去补习，这无疑让点点的童年倍加快乐。

不知不觉中，一诺也开始在点点的快乐童年中修复着自己的童年世界，她正一点一点地找回自己童年缺失的快乐。

为了庆祝"望长安"的开业，一诺和谭晓特别邀请了"绿社"的张老板夫妇、张医生夫妇以及另外几个朋友来参加她们精心准备的答谢晚宴。宽大的餐厅里，一个长约8米的条案布置得十分考究，对应在条案上方大约一米六的高处，是一条悬空的玻璃灯带，同时也是一个鱼缸，一诺告诉大家这个鱼缸是恒温的，而且水可以有方向地自动循环，五颜六色的热带鱼在水中畅游，宛若在空中漫游，让你有一种步入童话世界的奇幻感觉。

晚宴上的每一道菜品都是一诺和谭晓精心制作的，张老板拿起桌上的一瓶红酒说:"这可是好酒啊。"

谭晓说:"是一诺托朋友从智利进了一批上好的葡萄酒,专门为你们准备的。"

大家一阵惊喜,张医生说:"可见咱们女主人的用心,来来来,干杯,不要辜负了女主人的美意。"

所有前来的客人几乎无一例外地对"望长安"改造的格调大加赞赏,说有新意并且非常时尚。

这时候,张老板问谭晓:"不是说今天老吴要赶回来吗?"

谭晓对张老板说:"可不咋的,但是他说飞机延误,恐怕要迟到了。"

说起老吴,大家都十分佩服这个西安人,不管怎么样,他坚持着自己的生活,常态就是漂泊,年复一年,日复一日。虽然居无定所,但是他的生活细节不丢,生活质量不降,生活的态度始终不变。

没有一会儿,张老板说:"你们这个网红店将来怎么经营?一间房多少钱?"

张医生笑了:"一开口就是商业机密,这是人家的敏感话题。"

大家都笑了,谭晓看了一眼一诺,对大家说:"没什么敏感话题,看你们谁能猜到我们的房间标价。"

"一天3000?"

"3000贵了。一天1000?"

第二十章
/ 做最好的自己

大家从 3000 元猜到了 1000 元，最后猜到了 500 元，实在没有人能够猜得出来了，这时候谭晓得意地对大家说："还是一诺来告诉大家吧。"

所有人的目光看向一诺，一诺看着大家淡淡地说："每间房每天 200 元。"

"啊？不会吧，这么便宜！"所有人惊讶地张着嘴看着谭晓和一诺，不会是在开玩笑吧？

谭晓笑着再一次强调："没错，我们的房间每天的定价是 200 元人民币，不信可以上网查。"

"绿社"的张老板不相信地说："如果真的像你们说得这么便宜，那岂不是早就爆满了，哪里还有空房间呢？"

谭晓耐心地解释说："这个价格是有前提的，我们的入住门槛最少要 6 个月起订。"

"绿社"的张老板有点蒙了："那还会有生意吗？谁会住这么长时间呢？"

谭晓和一诺相视一笑，一诺解释说："按照我们的经营理念，入住的门槛最少是 6 个月，这的确不符合常规的经营。但是，这却非常符合我们到大理来的生活理念和生活方式。

首先，我们不希望'望长安'客栈是为旅游者准备的，那样的方式就决定了它必然是一种常规的经营模式，就会变成今天我来、明天你走的经营方式，这不是我们想要的。"

张老板有所醒悟："我明白了，你们是在选择客户。"

一诺接着张老板的话说:"还是张老板懂我们。我们原本来到大理,就是寻找安静的,我们希望每一位客人也和我们一样喜欢同一种生活方式。来到这里不是因为旅游,是为了放空自己。我们就是用这样的门槛过滤掉了那些急匆匆的游客,筛选出了真正喜欢大理的客人,为我们的客栈找到能在这里长时间停留甚至考虑定居在这里的客人。另外,我们精算过这个价格,是可以维持我们这个客栈的运营成本的。"

大家这时才恍然大悟,且连连拍手叫好。

谭晓说:"还有一个好处,我们虽然不打算做生意,但是我们需要维持一个基本的运营费用来兼顾我们理想的生活方式,现在这样刚好兼顾。也许你们已经注意到了我们这里好像没有客人,其实我现在告诉大家,有一半以上的房间已经有客人包了,其中所有面朝洱海的房间从我们开张前就被预订完了,而且那些订过房间的客人都是一次性付完全款。"

大家听完简直太佩服眼前这两位美女老板的智慧了,这哪里是做生意,这根本就是在找相同生活观念的人一起生活!

尾声

一年过去了,闺蜜两人融入了大理的新生活。她们不功利、不趋利、不追星。她们在这里建立了自己新的朋友圈,彻底告别了为生存而挣扎的大城市。她们在大理古城小酌,到沙溪古镇读书,她们发现在这里找到了久违的诗和远方。她们在这里共同开启了自己幸福的人生。

"我们终此一生都在努力摆脱原生家庭带给我们的负面影响,从而找到更好的自己。"这就是一诺和谭晓的人生写照。

点点在才村完小很快就适应了,很多男同学对这个城里来的女孩子十分好奇,有的胆子大一些的孩子还趁老师不在,跑去撩点点的小裙子。

农村小学散养式的学生生活,让每一个孩子的天性都得到了充分的释放。点点也不例外,她的天性完全被激活。谁也想不到就是这样的生活让点点在多年以后,考上了美国最好的大学。

多年以后,点点在高中即将毕业的时候,被多个美国最优秀的学校录取,它们都是中国人耳熟能详的学校:耶鲁、普林斯顿、哥伦比亚大学、宾大等。点点最后选择了哥大和茱莉亚音乐学院的联合双学位，因为她既可以在哥大学习到美国的人文历史，扩大知识面和拓宽视野，又可以在茱莉亚音乐学院和最优秀的音乐家老师以及同学们一起学习最专业的音乐作曲课。

一诺和谭晓在这里的朋友越来越多，但是让她们印象最深刻的还是张医生，张医生为了坚持自己的医疗理念，从上海转战多地，最终落户在了大理古城，但是，社会的发展与张医生的医疗理念产生着强烈的冲击，张医生不得不前往医疗条件更加落后的地区。用张医生的理念套用到所有的医院，几乎所有的医院都有过度医疗之嫌。究其原因，主要在于究竟是效益还是救治才是评判医院好坏的衡量标准。

在一诺和谭晓的眼里，张医生也许在不远的将来会再一次迁往更加偏远的地方。

他离开大理只是个时间问题，不过，为自己的理想付出过，就是幸福，

一诺和谭晓的生活难道不就是这样吗？